時間，是絕對的妙藥

蔡瀾

作品

湖南文藝出版社
HUNAN LITERATURE AND ART PUBLISHING HOUSE

博集天卷
CS-BOOKY

时间，是绝对的妙药

001

今天是2022年8月18日，81岁的生日

我很好，身体虽有些小病，但还算健康，谢谢大家的祝福，也不一一回复了，心领了。

刚接到张艾嘉的电话，说她叔叔张北海去世。多年前我到纽约旅行曾住过他的家，和他很谈得来，从此成为好友，他三五年必来远东一次，我们相见，威士忌一瓶又一瓶。他的小说《侠隐》被姜文改编成电影，其他散文，继续写，当今再也不见了。

最好的朋友倪匡兄，以为他是外星人，永远不死，不久之前，也离我们而去。

我一直说，一个写作的人，没有了文章，人就不在了。我最近开始懒散，有时只练练书法，但所花的时间不多。一闲下来，我感到很对不起自己，像在燃烧，非常愤怒。

唯有又执起笔来，也不为什么，已不需名与利，只是想把每天发生在自己身边的琐碎事，一一记下，与各位分享。

内容一贯始终，不谈政治，只讲风月。各有各活，人生的纠纷是我讨厌的话题，好友相聚，常被它破坏气氛，浪费时间，让我忘记我是一个只将快乐带给大家的人。

002

2022年8月19日　周五

一早，好友哥顿和汤美就来和我去喝茶。到了一家叫"中央饭店"的，在深水埗。

这家店简直是老得可以当怀旧电影的布景，价钱只有高级食肆的四分之一，味道却是高级食肆所做不出来的。

还有"点心妹"这一行，但"点心妹"都已成推着车子叫卖的婶婶。要了一碟棉花鸡，对方说谢谢，我们连忙又要了几种花样，都好吃死了。

回来，读报纸，看杂志，答微博，全是日常。坐了一会儿见无聊，又到九龙城街市去，在肉档斩了一只猪蹄。还是粤语用词丰富，前脚叫猪手，后蹄才叫猪脚，不会分不开来。

滚水煮了两次，下酱油，广东人叫初榨的为"头抽"，当今中瓶的酱油也要港币40块，是多年前不可想象的价格。

没加糖加酒，放些鱼胶粉下去熬，一大锅一次吃不完，剩下的肉汁结成冻最可口，再来两束面线，闽南一带说有这道菜才算过生日，我非福建人，但是喜庆的风俗，照做可也。

另道去启德道的"昌泰"，这是最早的泰货"专家"，有关泰国的什么东西都有，买了些一粒粒的，用红色的粉浆包裹着马蹄粒的甜品。再来些"亚答子"，这是长在一种像椰树的植物枝叶中间的南洋果实，微硬，很有嚼劲。想起还有一种久未吃的"清心丸"，名字为"丸"，其实是四方形的小块，在潮州人的甜品中才吃得到，后来食物环境卫生署说清心丸中有"硼砂"这种化学物，对人体有害，禁卖了一时，当大家忘记有这么一回事时，又复活了，再买了些。

近来受所谓的"湿疹"煎熬，皮肤很痒，半夜睡不着觉，起身找东西吃。没固定，芝士、火腿之类，或猪肉干等零食必备，今晚除了猪蹄和甜品，想多几种花样，不吃，望一望，也好。

还有时间，临帖吧，写了十多幅字，没有满意的，毁之，只留一张写得称心的，上面写的是宋朝朱敦儒的句子：

日日深杯酒满，
朝朝小圃花开。
自歌自舞自开怀。
且喜无拘无碍。

青史几番春梦，
红尘多少奇才。
不须计较与安排。
领取而今现在。

003

2022年8月20日　周六

中环的中建大厦，是香港名医汇集地，奇难杂症都可找上门。多数的毛病都是一拖甚久，医生看个不停，病人复诊了又复诊。

到了这个岁数总是有些大小毛病，每周去一两次。曾经向倪匡兄要一对对子，说过往我们徘徊的是尖东的夜总会，而今却流连于中建大厦。倪匡兄要我让他想一想，他没耐性，先溜了，不知其他好友有否好建议？

还早，驱车去IFC（International Finance Centre，香港国际金融中心）的city'super（超·生活百货超市），医生说我的红细胞不够，在我的肚皮上补了一针，好在肉厚，不觉痛。续而吩咐我多吃肉，就找肉去。

这家的肉类最新鲜，尤其是刚开门时。那一片片粉红色的牛羊，生吃也没问题。最多的是从澳大利亚空运来的羊肉，但很难控制烹饪温度，超过五秒钟即变硬，得咬个半天。还是苏格兰的羊嫩，看到来自设得兰群岛的羊鞍，名字特别亲切，这是苏美璐居住的群岛，没见她的每周的插图甚久，非常怀念。

洋人吃羊肉时要配上薄荷啫喱（mint jelly），非常甜，搽上，变成甜品。不喜欢的话可以薄荷酱（mint sauce）代之。但还是只撒点盐好吃。

半夜起身吃的多是面类，做起来需时，不如买些用葡萄干和车厘子做的饼干，不是太硬的那种，不必煮即刻能吃。口渴，大喝茶，又睡不着了。

最近中了龙井的毒，好友从杭州寄来的，没喝过好龙井，是不知道它能上瘾的，从前一收到，先送给倪匡兄，自己只喝普洱。当今知其味，唯有慢慢独自欣赏了。

004

2022年8月21日　周日

　　前晚整夜醒，今日蒙头大睡十多小时，补足。晚上又得眼光光等看日出了。

005

2022年8月22日　周一

卢健生约吃饭，没说明地方，据闻是日本菜。近来我对吃鱼生有点意见，一切都是厨师发办的Omakase[1]，当所有客人是笨蛋。吃什么我自己会叫，不必麻烦师傅。这种经营方式只让餐厅容易计算成本，不是日本菜的精髓。

目的是见见老友，去了才知道改为一家叫"和昌饭店"的餐厅。开在百年历史古迹"和昌大押"，修复后也有过些不想进去的食肆，该死的都倒闭了。

新餐厅一共有两层，二楼主要的是吃点心，三楼则做广东菜。这次去的是后者，除了大厅之外有四个包间，其他食肆的包间都小得不得了，这里的特别大，尤其是阳台，小的已有一百二十多方尺[2]，三间小的坐十人，一间大的，服务二十人。

照顾到抽烟客人的地方不多，这里因为是老建筑，楼顶很高，显出气派，室内装修也很花心机。

客人要经过厨房才能坐下，厨房都是玻璃橱窗，让客人知道厨师在做些什么，菜品和厨房分区一样，也分两个部分，一是煮炒，

1　Omakase来自日语，在日语中是"拜托"的意思。在日料中，无菜单，由主厨根据当今食材，决定当日的菜品及价格，这种就餐形式，被称为Omakase料理。——编者注

2　方尺即平方尺。1平方尺约合0.11平方米。——编者注

二是烧腊。"炭烧叉烧"选最新鲜、肥瘦相间的梅头肉，软熟是不用谈的了。倪匡兄在病榻时买各名店给他的，都被嫌不够肥，这里烧的可以当豆腐吃，也许就不会被投诉了。

"二十五年陈皮蒸豉汁鹰鲳"也可口，广东人不看重鲳鱼，因为鲳鱼离水即死，甚少是活的，但这是潮州人最爱，嘻嘻偷笑，他们知道鲳鱼肉最香最雅，因为它吃的不只是其他鱼，还喜干净的水母。

"黑醋骨"用了意大利的Modena Balsamic（摩德纳巴萨米克）香醋，就不必加糖了，将排骨切成球状，和下一道的"火石咕噜肉"同形，两道菜一齐上，后者在碟边撒上"爆炸"糖末，吃在嘴里噼噼啪啪爆炸，小孩子也会被骗。

时蔬用的是名副其实的，一种叫"黑鸡枞"的野菌，做子弹状，尚未被滥用。

最后来口饭，饭是用蟹肉炒的，酿进番茄里面，造型不错，可惜分得不均匀，我那个只有饭，但已吃得饱饱，不介意。

甜品是用"公利"的蔗汁做成似胶卷的东西，用黑芝麻做的叫菲林卷，我们以前还吃过用橙汁做的橙卷，年轻人听都没听过。

"和昌饭店"由大饮食集团经营，从最初的Classified（一家香港餐厅）起，我就喜欢到里面吃各种芝士，当今多方面发展，粤菜和点心融合了中西特色，交通方便，环境舒适，是城中热门去处。

006

2022年8月23日　周二

一早到中建大厦复诊，与医生护士们都成老朋友了，大家说说笑，嘻嘻哈哈，时间容易过。

回到家里，什么地方都不想去了，也睡不着，就看电视。

大家还以为我爱的是Netflix（奈飞）、HBO（美国-电视网）等电影片集台，其实看得多的是一个叫AFN的亚洲美食频道，专讲亚洲食物。

有几位主要的主持人，出镜最多的是一个叫廖崇明（Adam Liaw）的混血儿，矮矮胖胖，留胡须，长发打成一个像古人的髻，可爱至极。

他人长在澳大利亚，因赢得《厨艺大师》（*Master Chef*）而闻名，爱旅行，到各地吸收美食技巧，比其他主持人强的是接触到的方面多，中菜不在话下；母亲是马来西亚人之故，对东南亚菜熟悉；西菜则在他成长的澳大利亚得到传承。

他烧起日本菜时一板一眼，原来到过当地做事，也娶了位日本太太，那边的人当然毫无保留地，把料理真髓传给这个女婿。

他介绍的做法简单明了，容易学，各位一看就知道我说些什么。

另一位是马来西亚华人阿贤，他最初是介绍各地的菜市场，非常勤力和仔细，后来也推荐餐厅，有些小地方的地道马来食肆，像把榴梿发酵后煮的咖喱，都让我这个久未尝此味的老饕垂涎，近来他也到各名菜馆，介绍和学煮中西美食。

可能是为了吸引更多客户，节目中也加了不少澳大利亚厨师做菜的栏目，没有看头。同时因为喜欢看的台不必付费，就要接受广告的轰炸，一样的广告播了又播，令人生烦。

对付的方法是绝对不可懒，一见即转别的台。这么一来，每个广告至少省一分钟，十个就十分钟了，你也许不觉得有什么，对我来说，能减少很大的浪费。

007

2022年8月24日　周三

昨夜几乎未眠。想起今天要打麻将，精神不好了，拖慢其他人脚步是不应该的。

越想越睡不着，起身看书看电视，回到床上躺了一会儿，还是醒来喝茶。每天至少要喝三种，固定的是普洱，以前大量买下，存货当今已被别人当宝，当然不会出让，自己慢慢享用。

我喝普洱一定要浓，有了年份的泡出来一阵幽香，茶叶下得不多喝不出来。时常有人问我你要喝浓的，浓到什么程度？我总是打趣地回答：浓得像墨汁一样，因为肚子里没有。

我染上的瘾还有泰国红茶，名副其实得红得似血。我喜欢它独特的香味。

另外是提过的龙井了。当然也要下得多，在玻璃杯中看它沉浮，色、香、味之外，还有别的视觉享受。首次泡出来的，带点苦涩。滚矿泉水冲泡的第二回，简直像下了一点糖那么甜。

人家说你喝那么多刺激的东西，失眠是必定的。我的看法却是喝惯了什么坏效果都消失，偶尔喝才会睡不着。

继续喝浓茶。

深夜12点，凌晨2点、4点，早上七八点，干脆别睡了。

冲凉着衣上阵，当今每周都会打一次十六张的台湾麻将。打过一次就不会再想打广东麻将了。两者的区别是，广东麻将打到最后，你输就是输，而台湾麻将在最后那副牌，可以连庄了又连庄，最后反败为胜。但打麻将主要的是见见老友，输赢港币几百，抽屉清光两千块是上限。

赌博有个必赢的方法，那就是三位朋友陪你消磨几小时，还要赢人家的钱？太过分了吧，这样想，就没输过了。

008

2022年8月25日　周四

好友提过一间意大利餐厅数次，一直没提起兴趣，今天下午，决定试试，一共四位。

意大利菜虽说选择不少，但基本上都是腌肉、意粉、新鲜的肉和鱼，跳不出这个框框，但有一点吸引我，那就是什么部位都吃。

这样一来可与众不同。先点最普通的牛胃，意大利人把这种食材做得千变万化，一般是用番茄酱煮，这里的不涂粉浆，就那么轻轻地油炸。厨艺控制得好，牛胃口感软糯得很，必试。

再下来是鞑靼牛肉，配上同样鲜红的红菜头，把最新鲜的肉粗暴地切了混合起来，不知你敢不敢吃，我很享受。

第三道是乳牛舌，这里的配上番茄酱。

第四道是全肥肉，整块的肥膏腌制后切成薄片，加上无花果生吃。

第五道没肉，是沙拉。用水蜜桃和青瓜拌成。

第六道你应该被吓走了吧，是牛脑。洋人做法不多，都是铺了一层薄粉炸出来，口感有如日本人的白子（鱼类的精巢），但当然不能与他们的河豚白子相比。

第七道意粉，用鸡内脏做成。里面有还没孵化好的蛋数颗，又把鸡冠熬熟。

第八道是鸭肉意粉。

第九道是猪头肉。

第十道是炸sweetbread，这种食材一般客人听到都逃得远远的，其实不新奇，还不如牛脑，翻译成中文是甜面包，其实为牛的胸腺，口感有如猪肺，是我不太欣赏的食材。

最后有蛋糕和雪糕。

价钱呢，贵吗？可以说是"合理"。当今的合理已很难得了。有些米其林西餐要贵到五六千港币一客，但也有人照吃，一吃三个小时以上。我不是受不了这价钱，我是受不了它的排场和傲慢。这一类西餐，我们已不叫它为餐厅，只能用两个字"黑店"称之。

这家店叫Testina，开在中环摆花街8号，全栋建筑有多家食肆，可一间间去发掘。

009

2022年8月26日　周五

台风吹来，香港分为两派，打工的都希望是八号[1]，那就不必上班了，多快活！另一派是需要职员为他们拼命的，向老天说，最好不要来袭，财富不必减少，今天他们赢了。

什么事都没发生，不一定有趣事，才叫日常。今天要说的是一位叫Sandra Oh，汉语为吴珊卓的女演员。她生长在加拿大，但百分百韩裔，也有51岁了，但洋人总看不出她多大。

吴珊卓演过不少电视剧和电影。最初知道有这个人是从《托斯卡纳艳阳下》（2003）和《杯酒人生》（2004），两部与饮食有关的片子。我认为她长得极丑，但却是丑中充满智慧的那种典型。

最有娱乐性的是《杀死伊芙（第一季）》（2018），一部BBC（英国广播公司）的剧情制作，和朱迪·科默（Jodie Comer）演对手戏，说是一个英国安全局人员，追踪一个杀手的剧集。

近来她有份演出的都自己当监制，有话事权，从只让知识分子欣赏的《英文系主任》（2021），此片用高招来谈种族歧视，到低成本恐怖片《母亲》（2022），她都有拍，有了她，至少可以卖给奈飞。东方演员，罕有这种实力。我从不关心好莱坞八卦消息，但相信制片人一定找过她演超级英雄。而被她拒绝，也是可以想象的事。

1　即八号烈风或暴风信号，是中国香港的热带气旋警告信号。——编者注

010

2022年8月27日　周六

　　已入秋，日本人吃鳗鱼的季节结束，福建的刚刚开始，大量收获。莆田的方兄说可以做几个菜让我试试，收到讯息后即临时决定前往。

　　他人在新加坡，请大师傅陈光林主掌。陈师傅做了"普宁豆酱焗""福建特色红糟""蒜蓉豆豉蒸""山泉水煮"四道鳗鱼菜出来。

　　野生鳗鱼吗？当然不是。鳗鱼在日本经官方计算，也是百分之九十五以上为养殖进口的，都怪过度捕捞和湖水污染。

　　说过多次，淡水鱼非野生，问题不大，厨艺可以补救。主要的是鱼肥不肥，干干瘦瘦的野生鱼，不吃也罢。四道菜都做得不错，肉也饱满，下次可以去吃他们做的红烧。

　　出菜间，我叫了"薄荷枇杷冻"，莆田的这道甜品做得最好吃。本来想自己在家做，但问了过程，相当麻烦，还是请专家吧。一碗不够，两碗。连续吃了四碗。

　　学《西游记》对白，猪八戒偷吃光了一户人家的大锅粥，搓着肚皮，大叫：老猪半饱也！也学他说："老蔡半饱也。"

011

2022年8月28日　周日

医生要我多吃点东西，长胖一点。这句话女士们听了一定大乐，等于007的特许证，大杀四方。

零食是少不了的了，今年的柠檬长得特别好，"柠檬王"做的柠檬干最称心，他们的原材料都由泰国进口，货劣的话，做了没有心情。除柠檬，黄皮产量亦佳，做成小吃，万食不厌。这两种小吃我从档主唐镜培，吃到他传给儿子唐崇超。一边看电视一边吃。

其他有冬阴功开心果、泰国椰浆软糖。说起糖，当今的不是太软就是太硬。从前有种外壳一咬即碎，里面流出糖浆的，久未食之。约了人家，早到了，看见前面有家"屈臣氏"就走进去逛。给我发现名叫"二宝"的橙味加柠檬味棒棒糖，包装上有个大"2"字，英文名叫Nimn，德国制造。

去永吉街主要还是到"文联庄"买纸笔和各种与书法绘画有关的材料。从当今的老板李望达还是小孩子的时候一直光顾至今。

街口的面店"麦奀记"，招牌上还写着"忠记"二字，是麦奀记的分支，一直保持着原档主一样的水准，从来不叫你失望。

走过几家是影音店"波斯富唱片公司"，是香港仅存的，什么胶唱片和CD（激光唱片）都齐全。

今天又走过永吉街，举头一望，已看不到最早的"陆羽茶室"。原先的茶室一共三层，二楼有个小阳台，是我的指定位子，坐在那里喝普洱看行人路过，再看时已像电影中的镜头，渐渐消失了。

　　时间，是绝对的妙药

012

2022年8月29日　周一

家里的东西越放越多，是清理的时候了。其实说"清理"两字是不对的，永远清理不完，得抱着"断舍离"的心态才能了结。

最多是书，前些时候已经送了一大批出去，但一看几个架子，还像不够用。

多的两类，关于吃的和关于电影的。后者已决定拿到香港电影资料馆。以前也送过，但没彻底，这次希望做到。

关于吃的书如何处理？刚好有位好友的餐厅要搬新址，需要一批饮食书做装饰。前几天一起吃饭时，他把这消息告诉我，正中下怀。就全部搬去好了，让他选择喜欢的，其余当垃圾。

有些记载说是我藏过的，友人会更喜欢，可是我一向没有藏书癖，也不签名见证，只好后补了。

即刻想到的是印上图章一方，"某某人藏"，太普通了。看过一方徐悲鸿的图章，印文为"暂存吾室"，颇喜欢，但不想照抄。还是用别的印文吧。

最后决定"蔡澜曾触"四字。本来可以自己刻，但还是师兄襕绍灿刻的精彩。刚刚传了一个短信给他，说要是没空，可请他的徒弟动手，将以书法报答，亦为雅事一桩。

013

2022年8月30日　周二

疫情期间，染上一把邮购瘾，从各媒体看到的广告中选了，拍张照片，请秘书帮我一一寻来。收到后，用得上或吃得来的，就留下来，不然送人。

买得最多的是"管家"的面。不是什么英国式管家，而是名叫管家，人在上海，做得一手生面，一吨吨地拍卖出去，很多人来抢。

到了上海，见过面，成为好友，向他说：手做的，多多也不够，不如卖干面吧。

管家做事认真，讨论干面的制作，试了又试，每次将结果报告于我，他自己不满意，我也从来不催促他，前前后后，整整两年工夫才做出来。

一般干面粗大的要煮上三分钟，细的要煮一到两分钟，最细的龙须面，水滚下了捞一捞，即熟，比方便面还方便，又好吃得多。

通常我是把橄榄油或核桃油放进一个大碗中，下点酱油拌便可。说到酱油，管家虽然不自己做，进口日本的，加了蚝油，名"牡蛎酱油"，味道鲜美。

互相有交情，但从不白吃白喝，他的产品一用完即刻上网购买，如果你有兴趣可以在网上搜索"管家的日子"。

014

2022年8月31日　周三

另一个经常有浏览的网站叫"沈爷的宝贝"，是上海友人沈宏非设立的，没有他的推介，我还不知道可以在网上卖东西。

沈宏非读书多，学问贯通中西，著作等身，又很会吃，外形就是一个不折不扣的食家。

国内任何一个巨大的饮食聚会，必定邀请他出席，但宏非兄，不一定去，因为他怕乘飞机，火车能到的，就没问题了。

经过他评选的食物都有水准，故此网站生意滔滔。我向他买得最多的是"老恒和"的一款酱油。200毫升一小瓶，连运费共港币400大洋。

经他介绍后认识"老恒和"的老板陈先生，中间也有段插曲，陈先生请我去做他的代言人，合同一签五年，做了一两年后，就不再履行合约了。

本来可以引起法律诉讼的，但我也让它不了了之，别人可没那么客气。好东西还是好东西，我照样推荐给别人。那款老恒和的酱油叫"恒和太油"，是天下最好的，相信我，我是一个酱油怪，家中架子上至少有二三十种。不同的，过期了就扔掉。

日本酱油不错，尤其是用来红烧，不会发酸，但味道没有一种好过"恒和太油"。

韩国人也出酱油，但根不深，需要努力追上。意大利人只会做鱼露，但对酱油是外行，其他没人做了。

　　有些人给我留言说："一小瓶东西，卖得那么贵，值得吗？"也就是因为这么小瓶，用得不多，不买才是笨蛋。

　　比起意大利陈醋，我们的酱油便宜得多。

　　有兴趣请上网查"沈爷的宝贝"。

015

2022年9月1日　周四

"介绍一个人给你认识。"松真杉说，"他有个罕见的姓，姓把，叫文翰。人很平实，整天往深山里跑，收集各种最好的食材在网上卖，是个值得交的朋友。"

松真杉，原名陈珊珊。读书多，深有智慧。可惜经一场车祸后，患了后遗症，一直没有医好。她在网上与我另一位好友曾希邦结了缘，两人无所不谈。她曾告诉我：在死前遇上我们，人生足矣。当今希邦兄也走了，他们可在天上谈天。

到把文翰生活的成都，遇到了他。他一点也不像从森林跑出来的野人，正如松真杉所形容的，平平实实，干干净净，是位步入中年的汉子。

相谈甚欢，他送了我不少稀有的花椒，我拿回香港装进电动研磨器中，做麻婆豆腐时往上一撒，即刻变成四川师傅，不知比名厨的手艺高出多少。

他收集的还有通江段木银耳、开江豆笋、冷竹笋干玉兰片、短裙竹荪、花菇等，其中以黄花菜干和段木黑木耳尤为精彩。

遇上暴利商人，定卖成天价。把文翰的，应该贵就贵，便宜的就便宜，和他外表一样，平平实实。

谢谢你，松真杉。

016

2022年9月2日　周五

世侄当今常住在深圳，来港当度假，他的好友设宴于"天香楼"，要我作陪。

有一阵子没去了，蟹一上市，这家酒楼的生意就非常繁忙。早年香港只有他们懂得买卖大闸蟹时，一年只做那三四个月生意，已够本。

先上酱萝卜，就那么简单的冷盘，没有一家做得出，包括内地。

日本东宝电影公司的老板川喜多先生，每到必吃两大碟。问他说日本人不是拿手做酱萝卜的吗？他总是大叫："比不上，比不上。"

另上的马兰头，是种广东人吃不惯的野菜，也可以在九龙城的新三阳买到。氽一氽水，和豆腐干切成细小方块，味道就出来了。说也奇怪，切粗了那么一丁丁，香味尽失。

其他招牌菜有酱鸭、酱鸽子、鳝背、龙井虾仁、炒冬笋、烟熏黄鱼、锅塌菜、东坡肉、云吞鸭、叫花鸡、甜八宝饭和酒酿丸子，不必看菜单，背也能背出来。如果记不得，问领班小宁波可也。

《东方日报》的老总裁马先生是常客，记得蟹一当造（当季），餐厅里面遇到什么熟人，他都埋单。嘉禾电影公司老板邹先生也有这种习惯，而且每次光临"天香楼"，一定遇到倪匡兄。

起初邹先生不以为意，后来终于忍不住问小宁波。小宁波说："一点也不奇怪，倪先生叫我说，如果您老订座，就打电话通知他。"

017

2022年9月3日　周六

我是南方人，但也爱吃北方的水饺。有次去"天香楼"，看见对面有家人卖水饺，试了一下，对路。

介绍给山东友人，也都竖起拇指，"北京水饺"装修了又装修，目前生意滔滔。我去"天香楼"或隔壁的韩国馆子"梨泰苑"，一定要些回家，翌日当早餐。

说起"要"，我从不白饮白食，坚持付钱，但店主也坚持不收，每次吵起架来总不是办法，只有送些书法给他补壁，算是打和。

北方饺子自己包起来不容易，云吞可以向面店买了皮来包，但现成的饺子皮，厚薄一样，包起来就不对了。

曾经学习用木棍把周围的皮擀薄，厚度为中间部分的一半。放了馅，双手一捏，皮叠皮，半张叠半张，才及格。

说是容易，你是北京人或山东人才容易，粤佬还是到店里去买吧。

至于馅，我是喜欢羊肉的，要了八只羊肉的、八只茴香的。后者一般人以为在南货店也难找，其实茴香就是西餐常用的"莳萝"，或称"刁草"。到city's super的香草区，看到写着"DILL"的就是了，要多少有多少。

018

2022年9月4日　周日

当今在香港宴客，人均1000港币，大家说便宜。

我们这些经过月薪4000港币年代的人，1000港币等于吃了每个月薪水的四分之一，颇感肉痛。

"时代不同呀。"年轻人说。

怎么不同，怎么通胀，当今一般月薪就算2万港币的话，吃个1000港币不能说不感到贵。

你说贵，别人说便宜，没有标准。日本料理Omakase，4000港币一餐起。西餐从2000港币吃起，加几块松露菌，一点点咸死人又无香味的鱼子酱，卖到8000港币。吃得过（粤语，受得了，承担得起）吗？当然吃得过，有米其林星呀，有些人说。

至于中餐更没谱，鲍参翅肚开口就得两三千港币一个人，最少。

你那么左嫌右弃的，自己吃什么？你觉得人均消费应该多少？有人问。

一生的储蓄，我吃得起世界上任何一间餐厅，但是说到消费，应该物有所值，我总觉得一定要有两个字——"合理"。

水饺云吞面，汉堡比萨，价钱合理吧？一点也不合理，做得像垃圾的话。

有些食物我看到就跑，鲍鱼十分之九硬得像石头。鱼翅试过就是，环保一点吧。海参和鱼肚做得好的没几家。

不是fine dining[1] 的法国和意大利餐可以吃吃，松露菌要像垒球那么大才吃得过瘾，鱼子酱只尝伊朗产的，不然云吞面、虾饺、烧卖或叉烧照样满足。当然，价钱得合理。

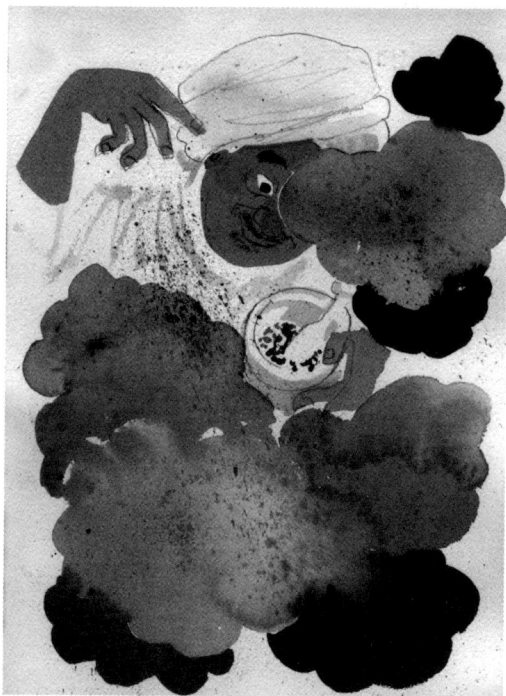

1　指高级料理，区别于大众餐厅（casual）而言的。——编者注

019

2022年9月5日　周一

我认为至今拍得最好的电视剧是*Breaking Bad*（《绝命毒师》）和它的衍生剧*Better Call Saul*（《风骚律师》）。

《绝命毒师》每一集都有意料之外的结局，人物个性鲜明，不管是正派或反派，最后都会越看越爱。

从2008年一直追到2013年完结，一共五季。每一集都没有让人失望，已是空前绝后的了。

正像《教父》（1972），觉得很难有一部续集能够超越，想不到《教父2》（1974），却拍得更有诗意。《风骚律师》在艺术造诣和哲学意境上比《绝命毒师》更胜一筹。

不停地追看，终于在2022年8月播完。这两部剧，是我花的时间最多的。这么说并非重温又重温，而是看花边新闻。剧集一红，跟着看演员的访问片段，连剧中的炸鸡店老板和光头杀手都成了巨星。每个关于他们的访问，我都不停地去看。

让我写对此剧的感想，一个月也写不完，不如到网上看毕明的分析，她是此剧忠实的粉丝，又看遍外国所有的影评和访问，构成一篇详细和精彩的报道，推荐给各位欣赏。

020

2022年9月6日　周二

昨晚、前夜，已经连续不能入眠，三番四次起身，重新看表，还只是清晨6点，可以睡两三个小时也好。

"快点睡吧！"病魔化身为一个女人，在我耳边细诉，"努力点，用尽办法。"

试过了呀，由数绵羊开始，到从胸式呼吸改为腹部呼吸为止，脚动法、手动法，什么法都没用呀。

"来颗思诺思吧，"她说，"10毫克的，吃半颗就行，包你睡得安稳。"最初还行，后来就逐渐失去作用。

"改成一颗。"她说。

照办。又照样有效。过一些时候，就好像吃维生素。

"来颗多美康吧。"另一位女人说。同样的对白，到最后也是同样的结果。而且发现就算睡了，第二天那种浑浑噩噩的感觉，并不好受，睡了也并非好事。

我又是一个不喜欢被控制的人，不睡就不睡，已经到达没有工作压力的阶段了，那么辛苦争取回来，当今还不用尽它吗？决定不睡。

但明天约了老友打台湾麻将，整整两个晚上，一点点睡眠也没有，输钱是小事，下家等着你发牌，可真难为情。

有了，我发现最好的治疗方法：起身写日记。

021

2022年9月7日　周三

精神不集中，打麻将果然不是办法，抽屉里只剩下几个小筹码，换起位来容易，哈哈。

回到家，这次可以好好地睡一餐饱觉了吧？照样不行。

怎么办？看电视呀，追剧已是我生活中不可或缺的了。从前没有机会，只有追专栏，金庸先生办的报纸一送到门口，姐姐和我就把它撕开，因为有两篇连载，她看一部小说，我看另一部，在另一页中。

当今科技进步，最新的《龙之家族》（*House of the Dragon*）破开播纪录，有两千万人同时在看。我们在香港，逢周一早上9点钟就可以欣赏，真是幸福。

如果你上过《权力的游戏》（*Game of Thrones*）的瘾，那么这一部不管是好是坏，总会去追。

和上一部有什么关系呢，我劝你别去探讨。一切是虚构的，研究什么"历史"呢？如果用一句最简单的话来形容，那么《"龙"》的女主角雷妮拉是《"权"》的龙母丹妮莉丝的曾曾曾曾曾曾（六个曾）祖母。

说到这里，你已经乱了吧？把一切抛开，第一次看的时候只要知道剧情就是，因为这两部剧是可以一看再看的，之后才慢慢去研究好了。

还是龙、火、暴力、乱伦、裸体来吸引观众，在女权运动火热的当代，女人一定打赢。这一点，我敢和你打赌。

另一部《非常律师禹英禑》，讲一个有语言障碍的女子的故事，文戏武演，韩国人真是有他们的一手。如果你不怕看字幕看得头疼的话，是可以推荐你去追的。

022

2022年9月8日　周四

关于"Omakase"，写了些自己的经验和感想，预料不到引起一场风波。反对意见，我一向接受，认为多点角度来看，有趣得多。

我们在日本吃"鮨"（寿司），走进一家没去过的店，从来也不会说要"Omakase"。三不识七，对方名气颇大，也不"makasu"，"makasu"是动词。"O"字是敬语，没有意思。

"来些什么呢？"厨师说完，拿出一个大木盒，里面摆着各种食材，客人如果先点象拔蚌，那么厨师知道你喜欢贝类多于鱼类，之后再拿来给你看的食材就多是贝类了。鱼类亦同。

喜欢的种种自己点来吃，厨师只会介绍产地和稀有的品种，那么客人就会一样样试，或者想起之前吃过的一些罕见的，问说有没有，就那么和厨师交流起来，之后才产生一种交给你"makasu"的关系。

不懂日语的香港或内地客人，就要靠日籍厨师的助手来翻译，沟通隔了一层。店里决定的任何食材你都得吃，吃不完不许打包。那会产生毛病，损坏声誉。

看着那七八块捏成大团饭的寿司，用的多是来平衡收入的鱼虾，不想吃也逼你动手，那不叫吃"鮨"，叫刑罚。

日前查先生公子查传偶的宴会，带来位港人寿司师傅，学习了日本料理二十多年，他说可以做一顿不是"Omakase"的饭给我吃。

　　店开在红磡，被邀请的客人之中，有位女星不吃鱼，我们都戏称她蚌精。师傅先拿出三种不同的海胆"赤利尻""Hadate生海胆"和"淡路岛的马粪海胆"，比较之下，看你喜欢哪一种。

　　接着是特大的牡丹虾，把它的卵拿出来当点缀。也照顾到其他客人，拿出宫城县的"盐釜"吞拿鱼接近头的部分，从赤身吃到toro（大腹）[1]。

　　朋友们都说，通常不见我多动筷子，那晚吃得特别多。

1　赤身为金枪鱼背部脂肪最少，肉质最硬，蛋白质含量最高的部分，大腹的鱼肉油脂丰富，肉嫩，呈粉红色，入口有油脂香。——编者注

023

2022年9月9日　周五

每年，到了中秋，我都会发这篇同样的文字，那是忘记了多少年前写的：

我们已准备好会在南斯拉夫过中秋。

前一阵子，一批工作人员来到时，已带了四盒月饼。

月饼又甜又腻，是我最讨厌的东西，但是，到时我也会吃一口吧。

"放那么久，不知道会不会发霉呢？"同事问。

"霉了也吃。"我说，"把那几瓶白兰地开了，消消毒。"

"唔。"同事点点头。

头上，看到快要圆的月亮。

"你说，"同事问，"人已上去了，我们还拜个什么呢？"

"那不是月亮。"我说。

"不是月亮，是什么？"

"是个转播站。"

"转播站？"

"到了八月十五，它会通过时间、空间，把感情转播给李白、给黄山谷、给曹雪芹、给丰子恺、给你。"

024

2022年9月11日　周日

　　中秋节已无一般的庆祝，更不会到公园去"煲蜡[1]"了。

　　下午到好友家，一起看部我喜欢的电影，她那边有个可以投射的大银幕，加上另一对夫妇，就像去了戏院。

　　看完一起去另一友人处，他有位泰籍家佣，做得一手好菜，比餐厅还要正宗。

　　吃完回家大睡。

　　对，我已经不必靠药物入眠，战胜睡魔了。方法最简单不过，不睡就不睡，硬拼了四十八小时，之后自然睡得着，从此之后正常。

　　每年中秋节都发同一篇文章，这次也不例外，好多网友都记得，有些还帮我推算，说应该是在拍《龙兄虎弟》时写的，时间为一九八五和八六之间。我写的杂文，从来没有日期，过时的，不值得阅读。当然。还是永远不能与老祖宗比，他老那两句——"但愿人长久，千里共婵娟"，已和时间并存，至有人使用中文的那天，有月光的那晚上。

1　一种南方的风俗习惯，在香港、广州流行，用月饼盒等装蜡烛，下面用蜡烛持续加热，使蜡变为液体，到达燃点，滴入水使得蜡液溅出、爆炸出大团火焰。——编者注

025

2022年9月12日　周一

又有人叫我为他的新书写序。略读过我的书的人都知道我最不喜欢做这种事。

读者不会因为一篇序而去买书。内地还有人出新书，香港几乎绝迹。从前专栏作者一有捧场客的，积了几个月就可以出一本新书。当今的报纸不注重专栏，出书的数量自然少了。

作者们都感叹没有地盘，其实出书还是保持那个原则，分好看的和不好看的。前者有人看，后者没有。

与其说当今没有地盘，不如说当今地盘更大。报纸少了，但互联网和宇宙一样大。读者还是存在，他们"饥饿"的，是好看的文章。

怎么在网上发表？还有人问。那太跟不上时代了。没有听过"博客"吗？任何题材，只要你能写，就可以在各种社交平台上发表。但要引起读者的兴趣，就先得勤力去写，发表多了，就有同道之人追踪。从零开始，一个个收集成为一群。

不必担心，成千上万，到十万，到百万，到千万的人，都会为你写序。

026

2022年9月13日　周二

已战胜失眠鬼，扬扬得意。

在回家的车上，忽然想起此事，可当成一篇小说的主题，说一个人一晚、两晚没睡，以为第三晚一定睡得着，哪知想尽办法都睡不了。后来才知道他与"失眠鬼"结成夫妇，一生永远碰不着其他"女人"。

但写小说写不过倪匡兄，可惜他早走，不然交在他的手上，又是一本科幻的经典。

对入眠已经有把握，一切不用担忧。奈飞上有新韩剧叫《苏里南》（*Narco Saints*），拍得比同类型的精彩，由《群盗》和《特工》的导演尹钟彬执导。大明星河正宇、黄政民、朴海秀主演，还请台湾出名的男主角张震来演反派。

打开电视一看，才知道只有六集，每集六十多分钟，一口气看完，也不过七个多小时，追就追。

天亮，《龙之家族（第一季）》第四集已经更新，全球同一时间开播，当然不能放过。至今，只杀了一些小角色，不像《权力的游戏》，一开始就把最重要的角色解决掉。第四集更是没有打斗，龙女的做爱场面也遮遮掩掩，一点也不爽快，没什么看头。

关于此剧，能够说的，只有演反派的皇弟，外表和喜欢骂人的名厨戈登·拉姆齐（Gordon Ramsay）长得一模一样，为什么没有人提及呢？

看完躺在床上，眼光光，看样子，失眠鬼已反击了。

027

2022年9月14日　周三

家里的冰箱中，一定有些即刻可以吃的意大利火腿。

初尝意菜，最能引你上瘾的，就是帕尔马（Parma）火腿夹蜜瓜，令帕尔马产品名声大噪。我也喜欢，但接下来吃的是意大利人也认为最好的圣丹尼尔（San Daniele）火腿。

价钱没有西班牙火腿贵，但一样柔软甘浓，甜味久久不散。

今天到超市，老友Giando在海员俱乐部的店已搬走，另在湾仔、半山、好莱坞道、跑马地、鸭脷洲，开了好几家。我经常光顾的，是半岛酒店地库的那家，东西较为齐全。

我吃的火腿，比圣丹尼尔火腿高出一级，叫库拉泰罗火腿（Culatello）。它是把腊肉塞在猪膀胱里制成，听起来恐怖，样子却好看，像个葫芦，更似草间弥生的南瓜。

库拉泰罗火腿的产量很少，齐贝洛产的是极品。制作过程只能用人手，选取火腿中间最肥美的部分，酿入猪膀胱中，而且一定要有当地河边的潮湿天气，才能产生那种独特的香味。意大利政府为它定下法律来监管，只有印上欧盟原产地名称保护认证（PDO）标志的才能算数，才是正宗的产自齐贝洛地区的库拉泰罗火腿。

没有吃过的，值得试试，100克重卖到2万港币左右，是腌肉之中的皇上皇。这个数目算不算贵？你自己决定。不是天天吃，只是试一两次，吃不穷你。喜欢上了，努力赚钱，产生的动力，不是用钱来计算的。你还年轻。

028

2022年9月15日　周四

这些日子少练字，首先是睡眠问题，睡不够的话，和打麻将一样，没有精神，字一定写得不好。

第二是好的句子不多，我一遇到必定记下来，集得七八条，才举笔。

今天又怀念起倪匡兄来，想起查先生为他写的"四无"，即刻拿起纸笔记录：

"无穷的宇宙，

无尽的时空，

无限的可能，

与无常的人生之间的永恒矛盾，

从这颗脑袋中编织出来。"

另有一句喜欢的是：

"下厨是最好的减压法。"

还有：

"乱诗一首，

半杯浊酒，

午后浮生，

快哉何求？"

另外是广东话的：

"醒咗喂鱼又黄昏，

懒去淋花等落雨。

睇书听曲望浮云，

饿食玐瞓无时辰。"

还有曾志伟的，也是粤语：

"忍一时激亲自己，

退一步益埋人地。"

李兴禹的句子亦佳，曰：

"我自飘零我自狂，

犹如行鹤游四方。"

有关吃的是：

"夜夜思量千条路，
早上起来卖豆腐，
豆多水少出名堂，
觉悟还在老店铺。"

我到日本大阪的黑门市场，看见一家豆腐店，生意特别好，问老太太，她回答的也和上面的小诗一样。

029

2022年9月16日　周五

去医生那里复诊，小毛病诸多，其中一项是红细胞太少，医生要我多吃肉。

正中下怀，即刻到city'super去，那边有个大肉档，什么肉都齐全。鸡肉是不碰的，我对鸡肉最没兴趣了。其他的皆喜，尤其是羊肉，试过澳大利亚产的，太硬了，还是苏格兰羊好，羊骨架上的肉，在锅中煎一煎即熟，一过火便老了。

苏格兰的羊有来自设得兰群岛的，这是苏美璐居住的小岛，见到特感亲切，多买几块，家中冰箱必备。

有时候也来块和牛，切成长条，分两次吃，也是烤一烤即可，但过火了也不会老。

经过九龙城街市时，也到"文记"买冰冻的肥牛，比和牛便宜得多。这家的生意特别旺，天气一冷，大家都买来打边炉，那条排出的人龙很长，很长。

"文记"左边的是"新兴肉食"，已和店主成为好友，亦生意滔滔，常把最新鲜的猪肉卖给我。

肉吃个不停，到"清真牛肉馆"去，那里的咖喱羊腩一流。牛肉饼双手一掰，喷出汁来。

羊肉吃出瘾来时，最好去香港大学对面的"巴依"，不必叫别的，来一碟手抓羊，肉质香嫩无比。

有时想过足肉瘾，就到劳瑞斯（Lawry's）去。一块牛、一块羊，吃得整晚做肉梦。

一般都说要多吃蔬菜，医生叫你吃肉，等于007得到暗杀特权，不吃待几何。

030

2022年9月17日　周六

今天谈两位朋友，汤美和哥顿。

汤美是卢健生介绍的，正职为赛车手，凡是哪个都市有赛车活动，他必飞到，其他时间闲着。他对汽车和电单车的知识储备非常丰富，这方面我不熟，但喜欢和他研究。

汤美最喜欢吉隆坡的饮食，这点和我一样，两人一谈起来没完没了。

哥顿已是老友，泰国老和尚送我的袋子用破了，就由他为我新做了一个袋子，从选料、设计到制作，一手包办。近年用的全部由他供应，袋内还有两个暗袋，一个有拉链，可放钱包或贵重物，不怕掉出来；另一个可插手机，或装墨镜。

袋的外表，高登替我绣上一个"佛"，用的是弘一法师的字。另绣有一颗印章，印文为"弘一"二字，我非常喜欢，也欣赏他为我花的心思。

哥顿另有一个嗜好，那就是研究音响，对于他听过的古典交响曲，他可以分辨出任何一个音符来。家中当然有完美的音响设备，驾的六人车里，也装有最高级的音响产品。倪匡兄生前也好此道，哥顿会开了车子到倪匡兄家停车场，让他欣赏。

常跟汤美和哥顿去一些营业五十年以上的餐厅饮茶，或到深水埗吃云吞面。

遇到我开书法展时，他们更义不容辞，从头帮忙到尾。

甚感谢他们。

031

2022年9月18日　周日

　　新闻报道，台风吹袭日本九州。之前那里又发生过地震。这些令我想起一件往事。

　　其实应该于《在邵逸夫身边的那些年》中记载的，但因为无关电影，遗漏了。

　　当年邵逸夫先生（我们叫他为六叔）来东京，入住帝国酒店的高层。我们喝着茶，忽然天旋地转，地面剧烈晃动，六叔问我："地震时，日本人怎么办？"

　　"通常，"我说，"躲进桌子下面。"六叔望着那张桌子，似乎对这个答案产生疑惑。

　　"还有呢？"他进一步问，神情还是保持着镇定。

　　"还有，站在门框下面。"我回答。他再次感到多余："我们住的是几楼？"

　　"三十三。"我说。

　　六叔笑了笑，说："继续喝茶吧。"

032

2022年9月19日　周一

好友"饭桶"请客，我如果事前没有约会，一定不会错过。

为什么取了那么一个别名？照字面解释呀！她最喜欢的就是吃饭了，而且百食不厌。除了本职工作，她就卖米，我家吃的五常大米，都由她供应，她当然选最好的了。

因为爱吃饭的关系，她就很会点菜，更懂得叫酒。今天去的是一家叫"甬府"的餐厅，卖宁波菜。一提到宁波菜，就想起倪匡兄，要是他在，也会高兴。

"招牌十八斩""冰镇糖心虾蛄""冰镇花雕小龙虾"等，都是生腌。师傅有他处理的方式，不会吃出毛病。

最喜欢的是黄泥螺，此味未尝已久，一看大乐。其实黄泥螺有两个产季，常见大粒的叫"桂花泥螺"，今天拿出来的是"桃花泥螺"，个头很小，但全身是肉，黄酒腌过之后生吃无妨。我连吞两三碟，要是倪匡兄在，今天要叫七八碟吧。

"水晶冬瓜"除了把冬瓜拿去腌制之外，不加任何食材，是宁波人的最爱。

主菜有"东海白麟鲳"，做得不错，潮州菜和宁波菜有很多相似的地方。"脆皮水潺"是把九肚鱼细心地一一拆骨后炸出来。"芋艿羹"用小芋头磨出。"笋麸酱香爆蟹"像新加坡炒蟹。"姜柄瓜焖香猪腩肉"用红烧办法炮制。

最后，当然少不了"宁波汤圆"，嫌馅不够甜，不够油。当今的食客，一听到砂糖和猪油都跑得远远的，餐厅将就他们，差点就要将一种饮食文化消灭掉，可惜呀，可惜。

033

2022年9月20日　周二

不养猫，但喜欢看猫。

猫有猫相，不会看的，以为都是一样，其实每只猫都不同，成长的每一个阶段各异，相当迷人。

我爱的那类，是大头的。猫的头一大，就有点憨样，傻乎乎地把眼睛合成一条线，像在笑人类的愚蠢。

最讨厌的是波斯猫、暹罗猫等，自以为了不起，只适合让跟它们一样的主人养。眼睛周围长着皱纹，看起来好像绝对不会快乐。

猫晚上看最好，这时它们的瞳孔变得圆圆的，美得不得了；白天看时瞳孔挤成一条直线，像蛇的一样，就有点邪恶了。很奇怪的，大头猫就没有这种形象，只会合起眼来，等你抚摸它们的下巴。

千万别叫猫过来，它们不会顺从。拍拍自己的小腿，它们就自动地亲近你，把头钻过来让你摸。

不管是什么猫相，小的时候还是可爱的。

034

2022年9月21日　周三

麻将一向在友人家里打，玩完后就在她那里吃饭，或叫外卖。今天打完麻将，大家说很久没吃涮羊肉了，不如改去餐厅。

正中下怀，举双手赞成，设宴于帝苑酒店的"东来顺"。

胜负如何？我几乎没有赢过。搭子之中，有位去了温哥华，改由金燕玲参加。她是位高手，也有教我几招，很管用，就拜她为师。今天最后只输了一百块钱，牌技大有进步。

打完吃饭，先来几碟叫为"杜泊羊上脑"的，众人肚子饿了，一下子杀个清光。

涮羊肉除了美味，还有自己调配酱料的乐趣，十几种不同的小料，各自挑选，我的最简单：酱油、蒜蓉和葱。

肉虽软熟，但我嫌不够味道，接着的"羊腰窝"才吃得过瘾。另有把肥瘦卷成一卷再切片的"太阳卷"。

但还是觉得缺少什么，原来都切得太薄，肉一圈圈地卷起来，不够豪爽。

最后上的"原切羊肩"，是把西餐用的羊架，片成薄片，边缘部分还保存很多肥膏，这才对路，连吞三大碟，还把大家吃剩的打包，本来别人请客，打包不礼貌，但已是老朋友了，也就厚着脸皮多要两碟，明天的早餐有着落了。

035

2022年9月22日　周四

肉吃个不停，到金巴利街的小韩国去。那边有家叫"清溪川"的，本来是家餐厅，后来改卖拌菜，生意更好。

除了韩国泡菜（kimchi）这类的，店里还有腌渍好的牛肉，买回家煮一煮，和餐厅叫的一样。要现成的蒸牛肋骨也有，加热即可食用。我经常要"梨泰苑"的蒸牛肋，有时也会去买"清溪川"的。

来到了，就走前几步，到韩国超市去看看，见有一种叫"Suchongkua"的，黄色小瓶238毫升，由八道（Paldo）公司出品，我最喜欢，买了一打十二罐。"Suchongkua"的汉字怎么写我不知道，应该是一种桂皮糖水。以前的韩国餐厅并不注重甜品，只免费供应这种桂皮水。

虽是罐头，但有强烈的桂皮味，很有个性，喝不惯的人会觉得怪怪的，试过之后会上瘾。不喜欢则可买另一种糖水甜米浆，叫SHIKE，汉字也不会写，这种饮品温和许多，但没什么个性，如果没桂皮水，我也会将就喝它。

036

2022年9月23日　周五

记日记的好处，是可以学到很多东西。

像我要知道的韩国糖水，不知道原名是什么，就有网友找来资料给我，告诉我它叫"水正果"。

水正果又名柿饼水，是种韩国传统茶，猩红色，用柿饼、桂皮、黑胡椒和蜜糖为原料制成，一般还会用松子点缀。

另一种甜米水叫"食醯"。

也有交流，网友们："蔡生，kimchi是不是都比较酸？我买过两三个牌子的都很酸。"

我回答："腌隔日的不酸，过几天才酸。以后买新鲜的。"

现在问题来了，kimchi的原名汉字是什么呢？我一直找不到。问韩国人也得不到正确的回答。以前的文章中我写作"金渍"，可能不对。有人可以告诉我吗？

037

2022年9月24日　周六

阿贤又在AFN（亚洲美食频道）主持新节目，叫《亚洲乡镇食旅》（*Asian Small Town Foodcation*）。

第一集拍的是丁加奴，我这么叫大家都知道我已老。在2005年，马来西亚华语规范理事会经多次讨论，正式宣布"Terengganu"译名改为登嘉楼。那里是马来人占百分之九十四以上，华人和其他族群甚少去的海岸省份。

节目介绍了当地风土人情及食物，非常好看。等到隔离天数跌到"0+0"，大家可以考虑到登嘉楼这种偏僻的地方走走。当今马币汇率下降，吃住又便宜，也可以找马来风光的民宿，住个套房也花不了几个钱。

我很怀念那边的"羔丕店"，"羔丕"是马来华人发音的咖啡。那里卖的鸡蛋，先将蛋加入铁罐之中，滚水烫之，换另一个罐，重复地烫出来的蛋，是完美的，独特的，其他地方都吃不到的。

新加坡的浮尔顿酒店（The Fullerton Hotel）自助早餐也供应这种蛋，但烫得水汪汪的，登嘉楼人怎么做得好？答案是一定要用最新鲜的蛋，放久了怎么做也做不出来。

这种蛋的来源是英国人的溏心蛋（soft-boiled egg），半边用一个专用的瓷器杯子装着，半边露在外面，打碎了壳，以小汤匙舀。

也把面包烤了，切成长条排列着，英国人叫为"士兵"，所以有鸡蛋和士兵这道菜。

到了大马，人嫌麻烦，就直接把酱和牛油涂在面包上，加以上述的半熟鸡蛋，大马人百食不厌。

阿贤说得好："政治上的殖民时间很短，食物上的殖民，却是很长的。"

如果有兴趣，可上axian.my网站看看。

O38

2022年9月25日　周日

　　终于有正确的答案，kimchi这种韩国泡菜，有了官方的正式名字。

　　韩国农林畜产食物部将多个汉语词语的发音进行了分析，比对中国八种方言的读法，并征求韩国驻华大使馆和专家的意见之后，正式将kimchi翻译为"辛奇"。

　　美国纽约州议会公布，每年11月22日为"辛奇日"。

　　我对此译名没有意见，只记得从前在台湾拍戏时，聘请过一位导演的名字也叫辛奇。

　　周末在家无聊，想起小时候妈妈做过藕粉给我吃，即刻重现，跑到九龙城的"新三阳"南货铺买了一盒"西湖藕粉"。

　　店里也有其他选择，有些已加了糖，但觉得还是原汁原味的好。

　　舀了几汤匙的粉，用凉水发开，看到粉已是均匀，就可以把水煮滚了（越热越好），直冲入粉中，即刻变成了糊。

　　妈妈的做法是加入白糖，我觉得过于单调，把家中的各种蜜糖拿出来排成一排，各舀一小茶匙，什么桂花味的、玫瑰味的或菊花味的，都试一试，最后还可加上松露味的蜂蜜，好玩又好吃。

039

说到吃羊肉，西餐除外，就想起"巴依"和"东来顺"。最近收到网友讯息，说："喜欢羊肉的话，可以到天后'天山小馆'，他们的羊肉馅饼、羊肉饺子，都是现叫现做，非常地道的新疆口味。"

听得心痒，但一直没有机会去。今天周日，司机休息，卢健生一家来载我去吃。见饮料中有卡瓦斯，这是维吾尔族传统饮品，之前在乌鲁木齐喝过，颇喜欢。更特别的是奶啤，倒进杯中是乳白色，味道甚甜，但无酒精，清真人是不喝酒的。

叫了手抓羊、烤羊排、馕包肉、凉拌羊肉、羊肉馅饼、羊肉水饺和滑嫩羊肉汤，结果只有手抓羊吃得动。

中途走进店里的是帕夏，她还是《海市蜃楼》（1987）的女主角。当今看来还是那么漂亮。她的厨艺也高超，会做"一条面"（从头到尾拉的只是一条），非常特别。

电影的监制朱牧已过世，这我知道。今年连他的太太韩培珠也走了，还是帕夏告诉我的。我见证香港的XO酱是由韩培珠做起的，当时没有注册。朋友喜欢了就做来送人。她是真正的XO酱之母，功不可没。

O40

2022年9月27日　周二

走过九龙城街市的蔬菜档，看见有奇形怪状的，会买回来当花插。卖菜的知道我有这种怪癖，见到了收起来，等我来时送给我。

送得最多的是陶太太，她说她自己也欣赏。见别的档口都有招牌，只是她家没有，就回赠了一个"陶记蔬菜"的招牌。

我一向不讨别人便宜，别人对我好，我一定更好地报答。

昨天又走过，陶太太送了我两个黑色的茶果。回家一试，味道好得不得了，茶果皮一般都用艾草汁调，是浅绿色的，忘记问她给我的为什么是黑色的。

追根究底，今天又特地到她的菜档，问明原因。陶太太解释："那是用一种叫鸡屎藤的叶子榨汁做的。名字难听，有些人改叫清明仔。清明前后鸡屎藤的叶子特别茂盛。鸡屎藤有说不完的好处，祛风活血和止痛，一讲到中药，都是这样。"

普通的用黏米粉和糯米粉制成，加砂糖、花生和芝麻在其中，没有馅料。陶太太给我那两个，中间包着菜脯。今天跟何嘉丽吃饭，她说从来没有听过，以后做茶果可以试试。

至于为什么会那么美味，问陶太太是否加了猪油？她说只用普通植物油而已。

那么简单的食材，那么朴素，那么好吃！

041

2022年9月28日　周三

如果你不是《龙之家族》的剧迷，请跳过这篇东西，你不会感兴趣的。

在《权力的游戏》，著名演员的角色，一出场就被斩头，吓观众一跳，接着重要的人物一个个被杀，观众期待着看哪一个先死。

在《龙之家族》，重要角色都活生生的，包括老皇帝，到了第六集还没事。

意外来自换角，两个女的由少女一下变成中年妇人，制作者也没告诉她们。现实生活中，她们也摸不着头脑，不知怎么办才好。

以前，非到不得已是不会换演员的，在"Me Too"（我也是）运动还没发生时，不服从制作者淫威的女主角，会中途被炒鱿鱼。当今谁敢那么做？又有一大群律师保护着，换角到底是什么伎俩，观众只有等着看下去。

这剧集实在受欢迎，又有《权力的游戏》的加持，制作人怎么说，我们都会接受。

042

2022年9月29日　周四

友人请客,设宴于港湾道1号会展广场八楼的"湾悦",没去过的客人有点混乱,到了才知道原来在专卖铁板烧的"松菱"的楼上,这么一说就好找。

原来是一群在名餐厅的伙计们出来开的,卖的菜色也是一样,我去吃时不爱叫什么名贵鱼,只喜欢他们的乳猪,当晚主要的也是这一道菜,实在烤得精致,皮已经够肥,他们把下一层的脂肪去掉,剩下的排骨也异常美味。另有猪头和猪耳,想起黄霑兄,他最爱吃烧乳猪脚。

每只乳猪,卖1800港币。前菜有金钱肚,以为很硬,吃了才知道软熟,他们千层峰也爽脆,可以、可以。

竹丝鸡炖螺头汤很甜,其他的时菜炒水鱼丝、凉瓜素千层焖老虎斑腩翅、猪膶(肝)滑鸡煲等就不吃了。当晚精神不振,要了一碗蟹肉上汤片儿面,吃了就回家蒙头大睡。

说到乳猪,这家做得实在不错,但要豪爽的话,还是我组织旅行团时到了曼谷,猪的个头没那么大,但一人一只,用手撕着吃,不能说不过瘾。

043

2022年9月30日　周五

朋友们说，我只喜欢看动作片。其实拍得好的话，我什么电影都爱看：清新小品、爱情巨作、科幻戏等，全部欣赏。

动作片中，飞车是重要的一环。早在1968年，由史蒂夫·麦奎因主演的《布利特》（*Bullitt*），已经将飞车拍得淋漓尽致。接着在1974年《冲天大追缉》（*Gone in 60 Seconds*）补充上遗漏的飞车技巧，后来拍的没有一部能够超越。

就算有，也只出现在《007》片集中。飞车加上美景和机关枪，烧钞票给观众看，把别的比下去。

就那么不争气，二三流的戏中照样有车子追逐的场面，我一看到即刻按快速跳过。直到有些韩国片里，有些亡命的拍摄。其实用的是些魔术上的伎俩，比方说，我们看到车轮清清楚楚地碾过演员的头，那是把三个车胎充满了气，来支持一个放掉气的，用这个放掉气的车轮来压演员的头，怎么压也压不扁。

044

2022年10月1日　周六

大家都说："这么老了还玩玩具枪。"

暴力东西我不喜欢，所以大家都想不到。

经过旺角时必到一家叫"铳工房"的商店逛逛。"铳"就是日语中的枪的意思。长枪、机关枪都不在购买的范围，只收藏左轮和曲尺。

"是不是某处短了，才有这种现象？"友人打趣。

只知道从小就喜欢，翻儿童时期的照片，也有很多是拿着玩具枪，这兴趣改不掉的缘故吧。

玩玩具气枪打出塑胶的圆子弹，很过瘾，店里卖的还有个架子，连着一个网袋，贴着张纸靶，方便子弹打完收集回来。

射不中掉在袋外，满地都是，一一弯腰拾起，比打太极拳有趣得多。

练久了，很准。鸽子飞到冷气槽乱拉，讨厌得很。也不打死，射向上下左右，它们很有灵性，下次不来了。

脸书上常有真枪的短片，真枪买不到看也好。枪型和名字都记得，给我一看即能认出来，也是兴趣之一。

当今日元汇率降至新低，又可多买几把了。

045

2022年10月2日　周日

除了玩具枪，我还喜欢买小刀，经过湾仔，必到"新中华刀剪"走一走。

中国香港没有卖小刀的专门店，美国也没有，他们卖真枪。

大家也想不到，我爱这些与暴力有关的东西，其实小刀种类极多，名人制造的，可卖到数万元一把。

外国人用来防身，是能理解的。各种小刀有数不清的名字。像长刃猎刀，是个西部片人物发明，有独特的形状，在影片中主角用这把刀杀人无数，最后在防御阿拉莫时战死。

大马士革的小刀，用多种钢铁打成，刀身美丽无比，花纹千变万化，也是值得收藏的。

米兰的名店街街头，有家叫"Lorenzi"（洛伦兹）的小刀专门店，由折叠刀、弹簧刀到开螺刀，什么都有。女士们选购衣服包袋时，男人就到店里去逛。可惜当今房租贵，被迫搬到其他地方。

当年店里的客人，包括金庸先生和我。

"长那么大，还玩刀枪？"要批评的话，可以骂我，金庸先生你不敢说坏话吧？

046

2022年10月3日　周一

好久没吃虾饼了，很想念，便自己动手。

讲到虾饼，少不了讲印尼，他们将虾饼叫为"ｋｐｕｐｕｋ
ｕdang"，视为国食，在雅加达街头常见小贩们背着一个大锡箱叫
卖，大锡箱一面是玻璃的，可以看到里面的炸虾饼。

最好的虾饼叫"Ny.SYOK"，500克一大包，卖不到几个钱，
已比其他的产品贵出很多。

上次炸时发现不理想，原来是用了现成的植物油，这次不能再
偷懒。到九龙城的肉档"新兴"，老板送了我一大堆肥肉，回来切
块炸，用熬出来的猪油炸虾饼，虾饼好吃，而且得到的副产品——
猪油渣更是美味。

如果不想麻烦，可以用一把刷子在虾饼上涂油，再将涂了油的
虾饼放进微波炉几秒钟，也有同样效果，不相信你试试看。

要更精致的话，只有买日本的了。"坂角总本铺"用真材实料
的鲜虾做成，咬上一口即刻上瘾。该店开在名古屋，分店到处可见，
车站和机场等地均售。在东京，可在高岛屋和三越百货找到。

有些人说我乱花钱，因为"坂角总本铺"的虾饼要卖到900日元
一块，不过便宜的印尼产品我也照买。

虾饼一吃没完没了，人家问说要吃到什么时候才停止，我回答
要吃到喉咙生泡泡才停止。

047

2022年10月4日　周二

男人的裤子，今年会怎么流行？还没有定向。总之不是宽就是窄，或变回了"喇叭"，来来去去，还是那几种款式。

大反其道也行，人家穿宽我着窄，不过看起来还是有点怪。

流行也不必跟得太贴，总之别标新立异就是。要买就买布料好的，自己穿得舒服最重要，贵一点没有问题。一年添置一两件，好过买一大堆只穿几次就得丢掉的贱货。

我的上衣多是"源"还在香港开店时买的，牌子皆为意大利的"Loro Piana"（诺悠翩雅），至今未过时。至于裤子就没有一定是什么牌子，名牌很贵，会买些便宜的来平衡，要宽要窄都有，可跟着流行更换。

倪匡兄就不行了，喇叭裤的裤头尺寸对了，但下面一截非剪掉不可，裤子永远是四方形的。

O48

2022年10月5日　周三

最爱吃面。

而面条之中，喜欢的是油面。福建烹调之中，用油面的最多。吉隆坡的福建炒面，虽然也用油面，但是略为阔身，是四方形的，较一般油面更大条。

油面在传统制作上会用到土碱、蓬灰水，后来发展成用硼砂。有些地方禁用硼砂，最终各地都以食用碱来代替。

香港菜市场的面档也卖油面，说明喜爱者还是不少。

嘴馋时我会去买一些来炒，方法是先下油于锅中，爆香蒜头，就可以下面和下鸡蛋，如果太干，用史云生鸡汤焖之，最后下鲜虾、肉片、韭菜和豆芽炒一炒，即可上桌。

有时想起油面原来的味道，就只用猪油和酱油炒之，其他什么都不加，也可以连吃三大碗。

豪华一点。从意大利杂货店买一些腌制的肥猪油，切成长条拌之。

说完今天炒油面去。

2022年10月6日　周四

香港什么菜都有，就是没有星马的沙嗲。

有呀，最近开了很多星马餐厅，不是可以吃到吗？不是。这话怎么说？正宗的肉很小，只有现在吃得到的三分之一左右。大块肉的是印尼沙嗲，不是星马沙嗲，用眼睛一看就知道。

古早味的沙嗲，都是用骨头旁边削下来的肉腌制，肉小容易烤熟，现烧现吃，味道和大块肉的不同。酱料也有分别，花生用得特别多，人工舂碎，还能看到粗粒，机器打的呈糊状，不香。马来小贩的手艺很细，绝不花巧，肉在炭上一面烧，小贩一面用香茅蘸着油往肉上涂去，防止过快烧焦，竹签浸过水才用，也是同一个道理。

食材是羊肉或鸡肉，还有罕见的牛粉肠，当今已很难找到，只有新加坡极为少数的摊档和大马的加影还有人卖。

吃时配着青瓜和洋葱，后者只用红色的，较白色辛辣，另有用椰子叶包扎得紧紧的白饭，切块来吃。

如果你看到用猪肉烤，头一块肉，中间一块肥膏，最后也以一块肉收尾的沙嗲，那一定是华人做的，酱料也不同，加上凤梨蓉，我并不喜欢。

050

2022年10月7日　周五

今天和几位老友谈天，话题当然是去哪里旅行。当今已看到曙光，可以开始计划了。

先得解决机票的问题，订得到算幸运，去日本的商务舱，已卖到比从前的头等舱还要贵，极不合理。

我建议可以经中国台湾或飞韩国转一转，价钱应该便宜得多。要不然就是等一切恢复正常，反正已忍了三年，再久一点也无妨。

或者先到新马泰，我们学会旅行，也是从这三个地方开始的。最值得去的是吉隆坡，东西便宜，食物更是一流。即刻想到的是"西刀鱼丸"。

西刀鱼当然是样子像一把洋刀，英文名字是"wolf herring"，肉质异常鲜美，但刺骨多，不容易处理。从前新加坡有高手，能把新鲜的西刀鱼片成鱼生，当今已成绝唱。一般小贩会把鱼片开后，避开尖骨，然后用汤匙仔细地把肉刮出，打成的鱼丸掉在地上，虽然不会弹回原地，但至少跳个半天才会停下。

出名的店铺叫"亚坤纯正西刀鱼丸"，我则喜欢到武吉免登的"新峰肉骨茶"对面那家无名的小面店吃，真材实料，除了盐什么调味品都不加，鲜甜无比，一吃上瘾，不知道那家还开不开，时常做梦想起。

为了这碗西刀丸，走一趟也值回票价。

051

2022年10月8日　周六

我喝的茶，普洱居多，用大量茶叶，泡出浓似墨汁的茶来。

近年湿疹作祟，一天我喝普洱时，猜想湿疹会不会是和茶叶发酵有关，就停喝了一会儿。

代之的是龙井，我已喝上瘾来，每天得抓一大把放进玻璃杯中，泡后见叶子沉浮，乐事一番。

普洱可以冲多回，但龙井最多是三泡，再泡就没味道了。龙井求新鲜，茶叶要放进冰箱才不氧化。当今的明前龙井也差不多喝完了，得到明年才有。

除了普洱和龙井，我每天也喝泰国的手标红茶，它只能冲泡一次，再下来香味就失去。

再下来就是在"尧阳茶行"买的武夷万年香了，它是岩茶，又经特别的烘焙，一泡茶喝进嘴里，可以甘个半天。

当今每天早上起来就喝回普洱，发现也不会对湿疹有什么影响。

早年从四川买了几个陶缸，两人合抱那么大。把茶饼藏在里面，茶叶可以呼吸，继续发酵，放在里面的茶叶喝个几十年也喝不完。

052

2022年10月9日　周日

喜欢研究各种药物，自从被湿疹困扰，就拼命试涂止痒膏，家中至少有几十种。

最有效的当然是含类固醇的药。一涂即止痒，但是有副作用，最明显的是用多了皮肤会越来越薄，一抓就出血。

我们对类固醇始终有阴影，卖药的也知道，把类固醇改成各种别名，并注明只有百分之一，那么微小，应该没害，不过还是少碰为妙。

也有各种不含类固醇的草药药膏，也许有效，可惜那种药味我受不了，买回来后一闻，即刻放弃。

那怎么与病魔打架呢？

好在最近出了一种新药，叫舒坦明（Staquis），绝不含类固醇，我试过之后，发现的确有效。该药由著名的厂家辉瑞生产，他们的伟哥已证实为人类一大救星，又有BioNTech（比恩科技，德国医药巨头）加持，应该是靠得住的。

该药的研发要投下大量资本，故此止痒膏卖得很贵，60克要卖到一千五六港币。

另一种较为温和的湿疹药物，是韩国人用梨子叶提炼出来，叫Gnat，有洗发液、沐浴液等相关产品，卖得也不便宜。

053

2022年10月10日　周一

网友柯柏文来讯提起"鹿鸣春"关闭，我也颇觉可惜。

这是我在香港最喜欢光顾的一家馆子。卖京菜，却以山东菜为主。

最先入脑的是山东大包了。第一次带我去"鹿鸣春"的是胡金铨，他用双手比画，说："你有没有吃过山东大包？真的大，大得像一双女人的鞋子。"

一吃不可收拾，那里的大包虽大，但里面的馅是粉丝、木耳丝、肉碎、包心菜等，包成巨型，其实很松化，一下子就可以吞下一个，这才算厉害。

其他菜不必有餐牌也能背出，有鸡煲翅、锅烧元蹄、芫爆管廷、烤鸭、京烧羊肉、牛肉塞饼等，数之不清。

一下子就关了门，从此不开。大厨们到底去了哪里？各位知道的是否可以告诉我一声？

054

2022年10月11日　周二

天气寒冷时，最可口的就是那碗热腾腾的生炒糯米饭。

对食物触觉敏感的人，已经想到湾仔骆克道406号地铺的"强记美食"。

从他们推车仔的年代开始，吃到搬入店铺，再转当今的新址，"强记美食"一直是我最爱的小食店之一。当今已是一年从头到尾都有生炒糯米饭吃，生意好时，可卖到两千八百碗之多。

"强记美食"已经有七十多年历史，传了三代人，连续六年获得米其林街头小食奖。他们的饭用旧米烹制，腊肠用的是香港产的，配上花生、葱花、腊肉和冬菇，炒得香喷喷的上桌。要豪华，可加腊肠及膶肠各一条，蒸得软熟。在店里吃最好，现炒的饭很软，打包回家就觉得有点硬了，但有些人反而喜欢这种有咬头的饭，我是其中之一。

今天又去光顾，想起刚到香港定居时，穿着棉袄，站在街头冷得发抖地等待伙计把那碗饭盛好交到我手上，那种温暖，令人感谢上苍。

055

2022年10月12日　周三

网友们常要我的书单，我的习惯是看作者，喜欢上，就非把此人全部作品看完不可。

有一阵子眼睛不好，就用听的了，从此变成每晚入眠之前必做的事。

当今与其看新书，就不如重温旧作。英文书是从Audible（一款有声阅读软件）上下载。重新听了鲁德亚德·吉卜林（Rudyard Kipling）的《基姆》，接着听一连串旧作。

之前听的是毛姆的小说，从他重要的长篇《人性的枷锁》《月亮和六便士》以及《面纱》开始，一发不可收，再重温他所有的短篇。

好友希邦兄也是毛姆迷，他说毛姆的短篇精彩过长篇，的确如此。

如果你没有看过毛姆，那么我推荐你从他的短篇《生活的事实》开始，故事说一个青年要孤身去赌城蒙特卡洛旅行。

之前他父亲警告他要严守三件事：一是不可赌钱，二是不可借钱给别人，三是不可和女人有任何瓜葛。

儿子一到蒙特卡洛，就把这三件不可做的事都做了。到底是怎么一回事？你读下去吧。

毛姆从15岁开始写作，一写就是七十多年。第一次世界大战期间他还进入英国情报部门，做过间谍，战后，他游历了中国、印度和东南亚，这些皆反映在他小说的背景中。

怎么接触呢？上"喜马拉雅"或"微信读书"听好了。只爱看不喜听的话，文字也可在这两家找到。

去看、去听吧，从毛姆开始。

056

2022年10月13日　周四

目前值得追的剧集只有《龙之家族》和《指环王：力量之戒》。

前者没有《权力的游戏》那么吸引人，但还是有白发公主、喷火龙、近亲相奸等元素，拉着观众走。

至今最大的惊喜不是来自把重要角色杀掉，而是一下子换了两个主角。观众为此困扰，但不影响他们看下去的心情。

至于《指环王：力量之戒》，已是生不逢时。要是在彼得·杰克逊的电影上映之后，即刻拍出的话，那可有大把人看，当今大家都不感兴趣了。此剧最大的宣传，是制作公司花了最大的成本，那又如何？

新西兰的风景美呀美，但不可以用来支撑剧情；怪兽的残暴，拍得也不血腥。

致命伤还是女主角长得一点也不漂亮，又全无个性，整天绷着脸跑来跑去，打几下也不花气力，完蛋了完蛋。

我还是很努力地把每一集都看完，已疲倦得很。

两部剧最大的不同是一个可以追，另一个要追人，但怎么追，观众还是逃之夭夭。

057

2022年10月14日　周五

咖喱鱼头已成为新加坡餐厅的代表作，菜单上必有此味。

这道菜是三四十年前才开发出来的，从一家印度餐厅开始，他们卖的鱼头用不同种类的鱼，如马鲛鱼或石斑，香料浓稠，大受欢迎。

后来在新加坡的马场路有一家华人做的食肆，叫"我们的"，也以做鱼头著名。一煮就是一大锅，锅中有十几个头，用的是鳡鱼，个头甚大，肉亦多，慢火烹制，酱汁进入鱼头之中，非常美味。最近想起，一查，才知道已经结业。

当今去的所有星马餐厅，都以此道菜作为主打，但价钱甚贵，一贵就不知道一天能卖几个，所以现叫现做，时间不够，是不可以做出好东西来的。

也有些已经先煮好，放在冰箱里面，客人一叫就以酱汁再煮一遍，有些餐厅拿出来的鱼头里面还结着冰，实在要不得。

在新加坡，当今只有到印度老店"蕉叶"或"Muthu's Curry"较为可靠；如果是华人的，则以"海洋咖喱鱼头"为首。

鱼头的肉固然美味，伴着的秋葵也好吃，煮得入味的话，一咬，秋葵的籽一颗颗爆开，亦是吃咖喱鱼头的乐趣。

当今香港也有几家人做，最好是打电话先订，不然不吃为佳。

058

2022年10月15日　周六

现在才懂得什么叫"断舍离"。这些年来，开始扔东西，还来得及。

好像永远丢不完的是书，一箱箱地赠送友人，但架上还是那么多。DVD（记录图像和声音的圆盘）全部都不要，当今有了串流技术，友人家中已经没有机器播放。剩下十部左右电影，斯坦利·库布里克的作品和几部我喜爱的法国戏，不占地方，把它们留着。有了5G，希望有一天出现一个全球电影图书馆，爱看什么都可以随时下载。

断舍离除了佛祖之外，实行得最彻底的是倪匡兄。他的嗜好由收藏贝壳开始，玩够了把一切变卖或扔掉，要不然就算那旧金山的巨宅也放不下。

那七千（平方）尺的房子怎么可能不够大？的确如此。他不停地买三尺[1]乘六尺的金鱼缸，终有一天装满。

最容易遣散的还是那群女友，金钱就能解决。真的，说到断舍离的老祖宗之一，非他莫属。

1　1尺合1/3米。——编者注

059

2022年10月16日　周日

字练得勤力，图章应该多一点变化，有谁刻得比师兄禤绍灿更好？

最近他帮我篆了两方印，一是"蔡澜曾触"，用来赠书给叶一南兄留个纪念；另外一方是我的人名章。

看到时真的是一大惊喜，禤兄已达到"随意"二字的境界，他的人名图章不是大篆小篆等一般的，而是以草书入印，其功力之深，可见一斑。

也不太敢缠着他多要几方，其他姓名印，就请他的女弟子陈佩雁代劳，她为我刻得最多，一般写字的酬劳叫为"笔润"，刻印的没有特别的名称，就叫为"刀润"，也没有送什么刀润给她，以书法交换，大家欢喜。

另一位替我刻印的是他的男弟子曹焯淼，也得到禤师兄的真传。

什么叫草书入印？得解释个半天，只有配上原稿才能表达清楚。

060

2022年10月17日　周一

下午无处去，想起韩国料理和意大利菜，驱车前往。

准备去的两家店都在尖沙咀，走到小韩国金巴利街的"清溪川"买蒸牛肋骨，这家做得极佳。

再走过几家，在"BANCHAN"买了一盒明太鱼子，腌得比日本的咸，价钱便宜得多。

又向前在杂货店中买了一打"水正果"，238ml的小罐装，无中文，英文写作"cinnamon punch"（肉桂潘趣酒），其实并无酒精，正确来说，不应该叫"punch"（潘趣酒），由Paldo公司出品。

一位小姐见我购买此物，向韩籍店员打听这是什么？对方以粤语回答为桂皮水。

车子转过中间道停下，我由半岛酒店侧门走下一层，到老友开的意大利杂货店。家里的陈醋吃完，得添加。本来我是和醋无缘的，但有一款叫Saba的陈醋，加煮过的甜葡萄汁，又酸又甜，我吃"管家"的白面条时下几滴，搭配得好。

再买200克的意大利腌肉（pancetta），拿回家切成条状，慢火煎出油，用来拌面或炒菜也美味。

061

2022年10月18日　周二

"Hanguel salam？（你是韩国人吗？）"在韩国机场的餐厅看见美女，这是最好的开场白。

知道你没什么恶意，而且韩国人爱国心重，身为韩国人，会感到骄傲，通常会对你放下戒心。

看到她们吃东西，不用筷子而用汤匙，那一定是韩国人。

韩国人爱汤，吃了菜，倒一碗白饭进去，添些汤，用汤匙舀着吃，筷子不方便。而且他们并不会捧着汤碗来吞咽，他们觉得乞丐才会那么吃。

他们的筷子最初是银打的，皇帝才能用，那会防止敌人下毒。贵族们跟着打出铜的，老百姓才用木筷子。韩国的山，林木并不茂盛，故非常珍惜木头，木筷子少用，又因常食烤肉，木筷子容易烧坏。

向美女搭讪的方法告诉了你，如果是俊男，怎么开口？怎么知道？

也是看他们吃东西，一大口吞下的一定是韩国人。从韩剧中可以看到，长辈爱护小辈，多以喂食物来表达，喂得越多越爱对方。

在戒烟热潮的当今，吸烟室中看到吞云吐雾的，也多是韩国人。他们觉得抽烟才有男子汉气概，而卖香烟的是韩国政府的专卖公社。

062

2022年10月19日　周三

日本友人来港，在"镛记"请她吃饭，我带了秘书，一共三人。

已经好久没去了，味道还是和以前一样吧？坐下点了一些，也不必看餐单，这家人的菜名，都已熟到能够背出来。

来碟烧鹅腿，我只试一片看看，皮当然烧得好，肉也软熟。

当今到处都卖烧鹅，皮可以的肉不行，肉行皮不行。当然，这也看季节，在清明和重阳前后的鹅，是很少失败的。

再来的是"礼云子蛋清"，食材难得，但镛记一直会把那么小的螃蟹膏味道蒸得极浓，非常难得。

我们吃的是午餐，12点正午到，清汤牛肉坑腩还没卖完，做得比专卖店好吃。

日本友人要了一碗白饭，我多叫了一碟太子捞面给她试试。从前，她的食量很大，如今已经吃不完了，但也另外给她一碗红豆沙。

埋单1500港币，每人平均消费500，比起Omakase的日本餐便宜得多。

063

2022年10月20日　周四

　　食无定时四个字，是我近来的生活写照。随时吃、随时睡、随时醒。苦恼的是消夜，半夜醒来，不能决定吃什么才好。

　　家中食物充沛，但不一定喜欢。最妥当的是泡一碗日清的鸡蛋即食面，滚水浸三分钟搞定。但就那么吃很单调，来点咸泡菜，吃完渴了又得喝大量饮品，就算能睡两三小时，也要起身上洗手间，那么一醒，便又眼光光地等日出。

　　什么消夜最好？又不想吃甜的，喝过阿华田、美禄和好立克，喝完喉咙痒痒，还得来杯普洱或龙井"解毒"。

　　试过多种食物，最近的是意大利帕尔马火腿夹面包，但面包无味，淡出鸟来，配水果又患太甜的老毛病，不知如何是好。

　　正正式式地煲锅番薯粥配豆腐乳吧！花了那么多的时间，整个人清醒过来，今晚又是这种情形，起身记日记。

　　有什么好建议？要快、靓、正才行。

064

2022年10月21日　周五

从前，判断一个人，可从面相开始。当今，只看对方手机上的软件图标就行了。

如果都是电子游戏，那么谈话的题材是有限的。很多朋友遇到我时，总喜欢看我用的apps（手机软件）是什么，但又担心不礼貌。我的个性坦荡荡，不如由我在这里讲给你听。

用得最多的是"Google"（谷歌）。我求知欲强，有兴趣的事物都想研究深一点，这个app最有用了。接着是看"时钟"，我很守时，怕迟到，不相信时快时慢的名贵时计（钟表），用的是太阳能智能表，但也得在手机上确认一下。

至于"微信"，我则在大iPad（平板电脑）上看，邮件也是。一直用的还有"相机"和"照片"。

另外是"草书书法字典"，近年记忆力差，怕笔画有误，以往还得捧本又大又厚的字典查个半天，现在有这个app方便得多。

另有两个离不开的，是"喜马拉雅"和"微信读书"，它们每晚陪伴我入眠，已是老朋友了。

065

2022年10月22日　周六

"鹿鸣春"一下子消失，从关门那天开始，就有谣言说是装修，我们深信不疑，生意那么好的食肆，没有理由不做下去。

到最后还是不开，失去希望，但厨师们去了哪里？到处打听终于有消息，一名厨师和一名楼面[1]去了尖沙咀"泰丰楼"，即刻和友人前往。

看见一块大招牌，写有"泰豐廔"三个大字，是张大千手笔，1961年营业至今。当年张大千旅居香港，替不少店铺写过招牌，笔润很合理。"廔"与"楼"相通，很多人都念不出，张大千的招牌，写得和保存得最好的是"天香楼"。

事前打电话去，问有什么要预订，回答说只有山东大包，一做就十个。久未尝此味，十个就十个，二十个也得试试。

看完菜单，和"鹿鸣春"的相似，同样打着京菜的招牌。其实北京菜除了烧烤，很少其他，借用了山东菜。

先叫了"山东烧鸡"，把鸡炸完再去煮汤，这里做得还不错，鸡太大只是缺点。

管廷也有，很正宗地跟上了鱼露。炸二松就和"鹿鸣春"的差

1　酒楼的对客服务人员。——编者注

得远，不用雪里蕻，而用麦芽菜代替，成本减低甚多。

京烧羊肉还可以，嫌有点硬。

也要了烧饼，配着榨菜，榨菜洗得没有味道，下次去应该叫牛肉烧饼。

友人看了菜牌上有打卤面，说三十年未吃了，肚子再怎么饱也来一碗，我也试了一口，面条面味十足。

山东大包在最后上桌，一看，个头是对了，有女人鞋子那么大，嫌皮太厚，要了两个，各切一半，四个人分着吃，其他打包。

明天的早餐有着落了。

066

2022年10月23日　周日

在好友家中打完麻将，正在吃饭时，苏施黄赶来接金燕玲，聊起往事。

初见她是在她住的跑马地凤辉台，我也有一位朋友住在高层，老式巨屋前有块平地，苏施黄的家人，请了真正的乐队，正在练唱粤曲。

一人打鼓、一人打锣、一人横笛、一人直笛，拉二胡的师傅除了伴奏，还教人唱曲。歌者是花旦，当然不是很红的，但也颇有名气，像梁素琴等。

乐队中午已到现场准备，等待屋中主人走下来就开始。费用绝不便宜，且乐手们赚的小费更多。

啊，那是多么优雅的一个年代。

自此再也没有机会与苏施黄见面。她留给我的印象，与一般人在电视中见到的不同，是名的的确确的大家闺秀。

反观当今的人学唱卡拉OK，学费再怎么贵，也不过是对着音响。"卡拉"是日语里"空"的意思，而"OK"则是英语中管弦乐团"orchestra"的缩写。

某些老师，我只能说"某些"，教学生不由练习丹田开始，故吸一口气唱一句，听起来也像痨病鬼了。唉……

067

2022年10月24日　周一

我最喜欢的消夜，是一碗日清鸡汤泡面，做法最简单不过了，撕开包装纸，放进碗中，注入滚水，三分钟即食，要更快，放进锅中煮，一分钟搞定。

但吃久生厌，就在日记中问各位读者，有什么其他选择，诸多回答杀到。

有好友说用韩式即食汤包、白饭和年糕一起煮，配上鸡蛋、葱花，再丰富点，加薄牛肉片或猪肉片，十五分钟内完成，但这对于我已觉太长。

有些网友说醉蟹、黄泥螺，喝点粥或酒，我回答说那已是吃餐，不是消夜。

其他人说可以试西红柿鸡蛋面，打散鸡蛋，热锅煎之，加入切块的西红柿，适量水煮沸，加入干面条，用鱼露、酱油、番茄酱调味。啊，那多麻烦！做完人已醒来，不想睡了。

也有人建议吃西餐，到底非我所好，甜的食物亦然。

还有人建议吃维吉麦（Vegemite），一看就是澳大利亚读者。

最近想出另一个吃法，那就是饭煲多一点，把吃不完的原封不动放在煲里，它会自动加热，想吃消夜时舀出半碗，冰箱中有什么菜配什么，快、靓、正。

但说到最后，还是那碗日清泡面。

068

2022年10月25日　周二

市中出现了好几家新派韩国料理，十几二十多道菜，以小小分量推出，试过了一些，做得用心的，还是吃得过的。

但是如果有选择，我还是觉得老派大盆大碗豪气，吃得过瘾，你怎么批评我已老，接受不了新事物也好，我不介意。我是喜欢老式韩菜，奈我何？

最高级的韩菜，莫过于牛肉，从前只有高官贵族享用得到，而将整只牛最好的部位挑选来做刺身，更是不得了。这么一来，已不能分新派或老派，前者最多是分量小，用钳子夹些食用花点缀而已。

对传统的韩菜，我们认识不深，大有挖掘之处，像把松子磨了煮成粥，让它涂上胃壁，喝酒才不易醉，等等，可说得上精致。

太花功夫了，有些新厨子说。那么简单将新鲜人参切片，淋上蜜糖，方便了吧，为什么不去做？

凭刀工把牛肉切出细纹，经脉皆断，方便咬嚼，叫"孝心牛肉"，听过没有？

069

2022年10月26日　周三

"抽烟喝酒不运动"的我，抽的是什么烟？有些网友好奇。

从前我是抽纸烟的，纸烟的烟丝有两种，分别产自美国维珍尼亚和土耳其。我喜欢的是后者，以"骆驼""红印"为代表，前者则是"三个五"和一切的英国烟。

用纸包着，害处来自它，有引人上瘾的因素，致癌也经科学证实。当今闻起来，有一阵强烈的臭纸味，并不好闻。

故近年抽的是雪茄，一直很多事做，大雪茄没什么闲情去抽，当今以"大卫杜夫"迷你雪茄（mini cigarillos）代之。迷你雪茄也分"黄金"和"白银"两种等级，前者较浓。一盒二十支，从100多港币开始，不停涨价，现在要卖到四百出头了。

同样商品，有些干脆不标明产地，卖得便宜。我一直主张这是自身享受，不应该节省，抽少些就是。算算这一生还有多少存款，还有几年可活，别对不起自己。

070

2022年10月27日　周四

消夜当然要越快做越快食，吃完即可蒙头大睡最好。不然一拖下来，便得眼光光，等着看日出了。

试过了多种做法，又公开询问网友们的意见，得到的结果和我最初建议的日清鸡蛋面一样，兜了一个大圈罢了。

直到最近。因为我做的咸鱼酱在city's super上架，要做点宣传，才回头来把这种酱当成消夜。

为什么不一早想起？那是因为制作过程试了又试，吃到有点怕怕了，我朋友的妻子一直要他去开家夜总会，道理相同。

咸鱼酱要配些什么呢？做起面来还是得花时间。咸鱼酱最好和淡口的东西一起吃，有什么好过白饭呢？洗完米放进电饭煲，又是天亮。

今天发现了一个最好的方法，到超市买盒"金象牌"即食茉莉香米饭，放进微波炉中，"叮"个一分二十秒，舀了一大匙香喷喷的咸鱼酱，铺在热腾腾的饭上，一个完美的消夜，即成。

071

2022年10月28日　周五

　　小时有一友人，到了思春期，约女友去派对跳舞，他母亲知道后，把他穿的西装全部剪碎，原来他母亲是患了狂躁症加忧郁症。

　　儿子幸亏爱看书，各方面知识丰富，知道这是会遗传的，而且近代已有药物可以医治。这位友人从此一面带着各类图书背包去旅行，从东南亚经印度到欧洲，一面又学习他国语言，过着苦行僧般的生活。

　　病终于治好，过程之中，多次闪过自杀的念头，试过多种方法来阻止，始终还是书本最有效，活到当今也有七十多了。

　　反观从前自杀的女明星，经社会压力，又不知道有药可医，直到近年的张国荣，以及外国名厨安东尼·波登的死，都应该和忧郁症有关。大家以为去看神经科，就等于发了狂，不敢去医。

　　记得一有这种念头，最先打电话去的就是撒玛利亚防止自杀会，可取得详细的治疗资料。

072

2022年10月29日　周六

一生人与酸东西无缘，常打趣说自己不吃醋，放肆可也。

近来莫名其妙地爱上，可能是身体需要的原因。最新接触的是海蜇头，从"新三阳"买了一盒，拿回家淋上意大利陈醋，是很下饭的餸菜。

意大利陈醋最好的来自摩德纳，卖得比金子更贵，没必要花那个钱。先从Acetaia San Giacomo的产品入手好了，价钱合理得很，有各种酸度，带甜的是加入葡萄汁浓浆的，点久了就会不满意，要求更酸的，可买不掺那么多果汁的醋。

海蜇头也日久生厌，可用黑白木耳代之，友人把文翰所选食材是最干净最高级的，从他的网站购买好了。泡一泡清水，淋上醋即可食之。或预先发好，放在冰箱中，需要时取出。

日本杂货店也有一包包的干海藻卖，里面还有寒天丝，加上黑木耳和白木耳，热水泡个五分钟，淋上醋，即食。

在地球没有完全受污染之前，做好吃海藻的准备吧。

073

2022年10月30日　周日

这一生这么好玩，是因为当你对某些事物失望，忽然出现新刺激，让人觉得这个世界还是美好的。

其中一个例子就是韩国的新派料理，试过好几家，不是难吃，就是平平无奇。直到昨晚，去了一家叫Mosu的，开在M+博物馆的三楼，装修和景观都是一流。

东西呢？友人想喝韩国米酒马格利，对不起，不卖。这种最普通最受欢迎的"土炮"，怎么可以没有呢？扣分。

看餐单，像是一个要吃上两三个小时的普通定食，心中又打了个结，扣分。

即刻请餐厅经理向大厨说可否出菜快一点，冷盘的三小碟即刻上菜，第一碟是两只酱油生虾，味道调得鲜甜无比；第二碟是鱼子酱；第三碟是鲍鱼，是我一生未试过的那种柔软，是用莞岛的野生鲍慢煮出来的，大为惊艳。

接着是小笼包形状包着的海胆，皮用芝麻豆腐做的，淋以高汤与芥末酱。

再来两道鱼，我最不喜欢西餐的鱼，但在这里做的都好吃到要连汁都捞干净。酱汁用白菜、芥蓝、包心菜等芸薹属植物浓缩成色彩迷幻的汤来，印象深刻。

面食则是黑松露，最后的羊肉也煮得生熟恰好，加甜品，是完美的一餐，每人盛惠两千大洋。

　　你问我值得吗？我会点头。

074

2022年10月31日　周一

金成是一位手表专家，编有多本钟表刊物。他说要替我做个专访，刊登在《美纸》杂志上。

见面时，他未看人先看表，这大概是他的职业病。

"你还是喜欢电动表呀。"他最知道我的习惯。

一生人准时，有什么比电动表更准？也试过戴些名表，时快时慢。拿去代理店修理，师傅说："机械表，快慢个三五分钟是常见的事呀。"

听了心中发毛，到了我这个阶段，一分一秒都珍惜，岂可错过？

现在带的是西铁城（CITIZEN），他们是第一个将电波设备装进那么小的手表里面的，又是第一个发明光动能功能。见到光线即刻充电，连电池都不必换了。

现在又有GPS自动调动世界时刻的表，就像iPhone（苹果手机）那么准，我也喜欢。

这些表再贵，也比有些名牌便宜。有些人说不配我的身份。什么身份？我的身份我自己决定。讲究身份的人，是一群毫无自信心的人。

O75

2022年11月1日　周二

　　好友黄引辉是马来西亚"苹果旅游"旗下的一名大将，向来得到主席李桑的赏识，重要的工作都放心交给他。

　　我从第一次到吉隆坡做公开演讲时与他认识，至今也有几十年了，想要的食材都托他代买，黄引辉一一搞定，空运来港。

　　一直想念的是"罗惹"（rojak，马来辣沙拉），在香港的星马食肆吃到的都嫌不够正宗，只有自己做了。食材在香港找得到，味道来自酱，不容易调得好，只有请黄引辉寄来。

　　到手的是一罐"吉利贸易公司"生产的罗惹酱，里面有虾米、马来盏、虾头糕和罗望子。自己做这道时把生花生烤一烤，椿碎了，加在酱中才够香。这种酱的商标上画着一个童子和一对对虾，认清了才买。

　　另外有他送我的"陈金福老姜母茶"，加了马六甲椰糖，所有大马甜品都用此物调味，它是椰花结了花卉后包扎起来，待膨胀时削掉头部，将花蜜一滴滴收集而成。

　　椰糖不只美味，连美国糖尿病协会也有研究，血糖生成指数中白砂糖是110，黑糖是99，蜜糖88，红糖64，而椰糖只有35。

　　当今我自己做甜品时，买罐浓厚的原汁椰浆，添马六甲椰糖，加冰即成，又香又健康，谢谢引辉兄了。

076

2022年11月2日　周三

"如果让你出门，你第一个想去的地方是什么？"友人问。

我的答案很肯定：先到马来西亚开个书法展。

然后呢？然后到日本去浸温泉。

日本的哪里？十一月是越前蟹解禁的开始，当然先到福井县大吃一番。

主要的还是住。福井有一家我很熟悉的温泉旅馆叫"芳泉"，和它的女大将[1]也已是老友了，一定会很亲切地欢迎我们。

一般的温泉酒店只有三四间房有私人浴池，这家一共有二十几间之多，浸个痛快。

价钱当然较贵，但"芳泉"丰俭由人，公共浴室是大家一样的，普通房的价格你会觉得很便宜。当今日本的一切，都会给人这个印象。

市内有多家餐厅供选择，可吃到若狭和牛、天然鳗鱼和河豚等。

"那快点动身呀！"友人说。

慢、慢，"0+3"完全不理想，等到"0+0"吧，一切恢复到从前一样才出门也不迟。

1　通常是指料理店、居酒屋和旅馆等机构里，像将军一样能独当一面的女主人。——编者注

077

2022年11月3日　周四

做学生的时候，常和同学玩一种叫《电影制作人》（*Movie Makers*）的游戏，道理源自《大富翁》（*Monopoly*），把地产改为电影。

过程相当有趣，把骰子抛出，走几格，看有没有机会买到一个好剧本，再来是买大明星、大导演，就可开始制作。

也不一定保证赚钱，骰子走到陷阱，就会全军覆没，导致破产，再借钱来玩，又失败时，可能入狱。

另一条路线是找一个有才华的导演，选二三流演员，以低成本拍恐怖片，照样可以赚大钱，也就是行内人所说的"刀仔锯大树"了。

好莱坞精通此道，低成本的投资不很伤身，经常有意想不到的成功恐怖片，有些除了卖钱，还成为经典，如《月光光心慌慌》（*Halloween*）、《电锯惊魂》（*Saw*）、《惊声尖笑》（*Scary Movie*）和一连串的僵尸片。

像街边美食也可以升华到高级美食一样，恐怖片也可以注入艺术元素，拍成不朽之作，像《闪灵》（*The Shining*）、《异形》（*Alien*）和《汉尼拔》（*Hannibal*）等。

有些更是获得奥斯卡金像奖的最佳影片或导演奖，得到最多的是墨西哥导演吉尔莫·德尔·托罗（Guillermo del Toro），奈飞让他监制了最新的恐怖节目《吉尔莫·德尔·托罗的奇思妙想》（*Guillermo del Toro's Cabinet of Curiosities*），由他本人出来介绍几句罢了，像从前的希治阁电视节目。

当然他的名气很大，吸引了不少观众，片子一共有八集，但他自己不导演，交给别人，看到我半途睡去。

O78

2022年11月4日　周五

疫情杀到，三年了，我们的生命就白白地被浪费掉，饮食习惯，也被打乱。

也好，就玩它。每天从不同的餐厅，叫自己想吃的东西，日子照过。这家吃一点，那间吃一些，转一个圈，又回到出发的那家，以免生厌。

前天台风，在八号风球升起之前，请同事去取外卖，叫的是越南面包，大条的一个人吃不完，卖八十二块；一个人吃的话，买小条四十二块的好了。这是城中一家简陋得不能再简陋的小店，专卖越南法式面包，叫"添记"。

开到现在也有四十年以上，地址是九龙渡船角文苑街文耀楼30号A座地下。

买时面包要喷水重烤，先打个电话过去订，才不会花时间等。

这是在胡志明市或河内随街皆有的小吃，法式面包里面塞满食材，什么都有，但"添记"的很简单，只有肉酱、扎肉和蔬菜，不过和香港的其他同类店一起比较，就知道它是最好的。

有些人可以就这么吃，我不行，一定得蘸酱汁才觉够味，酱汁一瓶二十五块，可买半瓶，里面有鱼露、胡萝卜丝、青瓜丝和红辣椒，最后下大量酸汁。

把面包往酱汁一蘸，吃进口，胜过鲍参肚翅。

079

2022年11月5日　周六

天地图书的阿芬来电，问今年要不要卖挥春。

阿芬是一位资深的编辑，一直被高层刘文良先生训练，负责亦舒、李碧华和我的书。

刘先生走了，个子小小的阿芬也已成熟，独当一面地变成天地大员，处理公司的大小事务，连卖挥春的事也参与。

我是有点顾虑的，已连卖了两年，要买的人已购入，今年是否有人前来?

后来一想，也管不了那么多，疫情之下，闲着就闲着，眼光光地看日子就那么溜走，不如再次"粉墨登场"玩玩，除了挥春，还来一个迷你书法展。

起初建议只办四天，我可以在下午2点到4点，天天在场为大家即席挥毫，问阿芬意见，她回答说，周六周日人才多，还是一连开两个周末更好。

即是从一个周六开始到下周的周日为止，一共有两个周末，四天在场，其余的日子，有空就去，疲倦了不必来。

各位认为如何?

080

2022年11月6日　周日

外卖吃多生厌，有时还是自己下厨较佳。

今天中午做的是蛋炒饭。有关鸡蛋的料理，实在变化多端，我本来想写一本书来谈它，把从前我做电视节目时请名厨做的，到世界各地餐厅吃过的，一一记录下来，但已没有精力做这件事。

蔡家有两道拿手菜，那就是蛋炒饭和蔡家蛋粥。后者多数在消夜时吃，煮好一大锅粥，或者将冷饭泡滚水再煮。

见粥一滚，也不可即刻煮之，这是一种假象，其实粥的外层虽然发泡，还是冷的，要等到多滚两三分钟，才能下材料去做。

颇为简单，把鸡蛋打进去，贪心时可下四个蛋，下点鱼露，最后把切好的大葱放进去，熄火，即食。

蛋炒饭更是可以拿出来见人的一道菜，下油，把冷饭炒热，等到每一粒饭都在跳跃时，打蛋进去，让蛋包着饭，谁都会炒。

接着从羊鞍去骨取肉，切成丁，芥蓝也切丁，一块炒。吃过的人无不喊香，其实下了秘密武器——猪油罢了。

081

2022年11月7日　周一

"Tonkichi"（日式吉列专门店）又在世贸中心开新店，27年前的1995年，这家就在这里营业，记得我还替他们题过店名。

中文有个"吉"字，那是"kichi"的发音，至于"ton"，写成汉字，就是"豚"了。

这家的炸猪扒，是香港最好的，炸猪扒发音成"tonkatsu"，后面的"katsu"，来自法国炸牛扒和奥地利维也纳炸猪扒的"cutlet"。

什么东西到了日本人的手上，就变得越来越精致，炸猪扒是其中之一。最初的老板叫高木，是我的朋友，此人做事严谨，从不苟且。先把基础打好，当年的餐厅没有中央厨房这回事，高木是第一个把一切食材分类，再送到餐厅，以便后来开分店的人。

先从酱汁说起，店里提供一个擂钵，里面放大量芝麻，客人自己磨碎后发出香气，再倒入浓稠的酱汁配猪扒。

当今高木移民到新加坡，把店留给他一班伙计去做，大家都没有忘记他的指导。

这里的猪扒切成长条，容易咬嚼，肉极软熟，肉汁爆得满口香味。要更柔软的，可叫炸梅肉，但量少，有时会缺货。

香港人爱变化，新店也加了炸和牛、炸海鲜等，又加了一个寿司柜台，另有多种小吃，像一间高级的居酒屋，价钱也十分合理。

我喜欢吃猪扒，更爱吃搭配的高丽菜，店里的是从日本空运来的，和本地的不同，极香甜，要吃多少任君添加，还有那香喷喷的日本米饭也是免费的，吃到饱为止。

店开在世贸中心十三楼。

082

2022年11月8日　周二

YouTube（视频网站"优兔"）中经常出现大厨教煮菜的节目，看了觉得没什么好学的，我的厨艺绝对比不上他们，胜的是越简单越好，不然到餐厅去更妙。

见一身穿白袍的人，把大刀在铁条上磨了又磨，原来要切一尾又小又薄的鲳鱼。

接着把姜切成长方形，再直切成条，后剁成蓉，备用。

蒜头拍碎，再切成蓉，备用。

豆瓣酱也用刀来切，备用。

大锅里放三分之一的生油，沸了，备用。

大厨说鱼要炸个两分钟，取出时再淋以熟油，备用。

这时再爆所有配料，还要下白饭来让酱汁浓稠，又下大量太白粉，下盐，最后下葱花，倒入碟中。

可怜的一尾小鲳，经那么多的过程折腾，什么味道都没有了。

还要传到网上，羞羞。

083

2022年11月9日　周三

许多水果都是外来的，柿子才是真真正正的中国种。

当今到处都种，连以色列、西班牙，都有柿子运到香港，全赖容易保存之故。

来自南洋的我，首次见到的只是干柿，切成薄片，放在糖水之中，至今依旧可以在九龙城的"合成糖水"吃到。

有些人喜欢吃软的，叫为"淋柿"，我也是。放在雪柜中，冻得几乎结冰，吃时站在厨房水龙头前，吃得满嘴满脸都是，饱了收手，即洗净。

日本人多数爱吃硬的，我最初不喜，当今也爱上，尤其是一种黑肉的"和歌山纪之川柿"，卖得甚贵。在日本乡下旅行，恰逢季节，家家户户都有一两棵，问：可不可以摘？农民做一个"请"的手势，任食可也。

韩国人也种，他们出名的是干柿，在超市中可看到，买一包回酒店大嚼，发现不够吃，骂自己寒酸。

084

2022年11月10日　周四

有些人说，好久没看到蔡先生上电视，老了许多。

哈哈，那是当然事，81岁了，不老不是变成妖精？别说是你，我自己偶然在镜中看到，也吓一跳。

就像看别人戴老花眼镜一样，自己终有一天也得戴上。除非你是严重的近视，那会中和，老花就免疫了。

谁没有年轻过呢？哪个人不疏狂？随手作了一个打油对："从前流连大富豪，而今出入万邦行。"

医生诊所最多的是中建大厦，四字不好对，万邦行也多诊所，用了后者。

生老病死，人生过程，没什么大不了的，问题是这一生过得好不好，对不对得起自己。让我们在这阶段中，保持尊严。

最好的诗句，还是臧克家写的："自沐朝晖意蓊茏，休凭白发便呼翁。狂来欲碎玻璃镜，还我青春火样红。"

085

2022年11月11日　周五

看到度小月的肉燥罐头，想念台湾。从前说去就去，当今只有望梅止渴。

台湾小吃数之不清，但说到最爱，还是"切仔面"。照我理解，这个"切"字与刀无关，它是用一个有木柄的小竹箩，把生面放进去，再把一个同样的空竹箩压住下面，然后两个竹箩一齐放进热汤中滚。

一面滚，还要一面翻动，发出闽南语中"切仔、切仔"的声音，故名之。

大街小巷都有切仔面卖，入住酒店的后巷，也必有一档，做酒店普通员工、司机和街坊的生意。当今生活转好，很难找到。

和"切"有关的是"黑白切"，那是与面食俱来的配料。有烟熏鲨鱼肉、白灼猪腰和贡丸汤等，好吃得不得了。

猪肝是在取出后用针筒吸满酱油注入，再拿去蒸熟。冷吃，一点异味也没有，软绵至极。小贩端到你面前时，在碟边加一撮姜丝，淋浓稠的酱油膏，人生美味，止于此。

如果没有瘟疫，为了切仔面专程走一趟，也值得。

086

另外想吃的台湾菜就是虱目鱼。此鱼台南最多，肉鲜美，但刺多。在我们入住的台南大亿丽致酒店附近，有家无名档口，专卖虱目鱼。劏鱼的手法已完美纯熟，绝对不见一根骨头来。

先点一碗虱目鱼粥，鱼和粥比例是一半一半，现烫现上，不甜才怪。

配粥的有鱼肠，一大碟煮得一点苦味腥味都没有，鱼肝也一样好吃。

在菜市场的入口处，另有一档卖鱼片鱼丸。什么叫鱼片鱼丸？那是把虱目鱼肉切成条状。一部分鱼肉打成鱼丸，再把剩下那部分条状鱼肉插进鱼丸，像羽毛球，烫熟后上桌。吃进口，在同时间内尝到两种不同的口感，文化也。

另有一家"阿霞饭店"，所做的红蟳米膏吃过难忘。取肥大的螃蟹，充满膏，拆肉和糯米、虾米等混匀，炒香后再放进笼中，蒸至全熟。

这道菜已到处有人做，但如果没有吃过老祖宗的就嫌难吃，我不知怎样和你聊了。

087

2022年11月13日　周日

生涯之中，最干净清凉的水，是我住东京的时候喝的，当今想起，简直是福气。

闹市之中，哪来的？经过蓄水池，加上化学品，水都变成药了。

原来，屋主当年建房时发现了地下水，它是通过地面砂石，存在地底溶洞的水分，要是附近有火山，就变成温泉了。

离开之后，唯有喝玻璃瓶或塑料瓶的瓶装矿泉水，市面上也有蒸馏水卖，但我一向讨厌此物，拿来浇花的话，花都死掉。

在2000年，有家公司找上门，要我代言他们的产品。我一向说要试过才肯，那是一台叫钻石牌的滤水器，非常神奇，一喝之下，令我想起东京的地下水。

那么一用就用了二十多年，这家公司有专人定期上门清洗滤水器，安心使用，后来我连浴室也装了一台小型的。

新闻报道说，一些口腔毛病，都是因为刷牙的水不干净，香港的自来水实在要不得，一打开水龙头就有一股氯气的味道，如何容忍？其他钱可省，但每天用的省不得。

快点买一台滤水器吧。

088

2022年11月14日　周一

近来，常吃的肉类，是意大利的pancetta。人家都把它叫成培根，其实有异，它不但以盐腌制，还经过烟熏，可以生吃，而培根则一定要煎过才行。

怎么吃？到专卖意大利产品的超市，向肉贩说要pancetta，他们通常会把卷成圆形的腌肉卖你，也行，不过较硬，向他要一块平的好了，要求可以生吃的。

请他切成1厘米厚的肉片，拿回家再自己切成1厘米宽的长条，锅中煎出油来，炒芥蓝或菜心皆宜，慢煮高丽菜亦佳。

半夜起身，切几条放在碗底，再做一个泡面，就不会那么寡。

细嚼之下，可分三种口感：瘦肉部分、肥膏部分和带着胶质的皮，非常美味。不必煎煮，生吃亦可。另一种没经过烟熏，那就要煎过才行，这种肉可以保存甚久。经烟熏的，购入后三四天内得吃完。

不懂得区分，就问肉贩可不可生吃好了，包你试过之后上瘾。

089

2022年11月15日　周二

在意大利杂货超市中看到了一个个意大利圣诞果料蛋糕潘妮朵尼（panettone），西瓜那么巨型，你就知道，圣诞节快到了。

最初介绍潘妮朵尼到香港的是米兰COVA（科瓦，意大利甜品名店），这种蛋糕在传统上多数产于该区。

它是一种轻巧透气的甜点，里面有樱桃、葡萄干、腌制过的橘子皮，外层有糖霜和杏仁，当今也改成了巧克力片，喜欢吃甜的人很容易爱上。

又因不加防腐剂也能保存甚久，加上工业化生产，这种甜品已流行于世界各个角落，而且很有节日感，就像我们的月饼。

那么大的一个吃不完，当今已出现中型的，也有迷你的，西柚般大，但总觉得还是越大越好，越大越正宗。

不但体积缩小，现代人怕糖，也没从前那么甜。我吃的时候，会在蛋糕上淋柠檬甜酒或樱桃甜酒，才过瘾。

米兰附近的厂家，也各自把潘妮朵尼运到香港，售价没那么贵了，喜欢吃甜的，可试试。

090

2022年11月16日　周三

看杨翱写的家庭药品，相信每个人都有些从小用到大的，我自己的有"济众水""正露丸"和"norit"（诺芮特），关于拉肚子的最多，好吃的报应。

济众水有强烈的苦味，令人感觉特别有效，又有传说其中包含了鸦片，而自古以来，鸦片一直是非常有效的止泻药。

正露丸也是同样地臭，它是日本人打俄罗斯时发明的，本名征露丸，征不必解释，而露是俄国的别名"露西亚"。

至于NORIT，其实是活性炭而已，炭能快速地吸收水分，而且是天然产品，多吃无碍，我要是有轻微的腹泻症状就靠它医治，严重了就得服济众水和正露丸了。

西药之中，有美国维克斯（Vicks）药厂的"Day Quil"和"Ny Quil"（美版白加黑），它特别强烈，是治伤风的特效药，我一打喷嚏就要吃它，其他的伤风药都感微弱，唯一缺点是吃完昏昏欲睡，其实所有伤风药都有这种现象。

相信就好，对别人不一定有用。想起金庸先生的家庭用药是蓝药水。有次一起旅行，我被蝎子叮到，他拼命把蓝药水往我脚上涂，明知无效，也不去拗他了。

091

2022年11月17日　周四

所有必须保鲜的食物，我比较相信罐头。

从前阿爸阿妈都说罐头别多吃，多吃对身体有碍，其实当今冷冻、腌制、干燥等方法处理的食品，都多多少少有防腐剂，而罐头的贮藏，是最靠近天然的。

家里的罐头食物甚多，从小吃到大的有沙丁鱼，也不知道为什么对它产生好感，味道永远是一样的。

开了一罐，发现鱼肚之中有卵，或者有精子，就当宝了，它特别好吃，只是不常见，而且分量极少。

每次看到纪录片中那些数不清的沙丁鱼，被鲸鱼、沙鸥、鲨鱼和其他凶禽生吞，但怎么吃也不会被吃完，就感叹它的生命力之强。也许，要不是被这些猎人吞了，那么大海只会剩下沙丁鱼。

葡萄牙是沙丁鱼罐头的王国，每年到了季节，大批沙丁鱼被海浪冲到沙滩，葡萄牙人也在海边生起火来，烤熟了请过客任食，那是一场盛宴。算好时间参加葡萄牙的沙丁鱼节吧，毕生难忘。

092

2022年11月18日　周五

电视上的长青戏《深夜食堂》，相信大家都熟悉了，也不必多加介绍，对白也有中文的翻译，最不懂的是它的主题曲《追忆》的歌词。

曲子本身改编自爱尔兰民谣的《一个挤牛奶的美少女》（*A Pretty Girl Milking a Cow*），而歌词完全改过，网上可以找到译为中文的歌词：

"你吐出的白色气息

此时随风飘走

随着空中浮云

一点点地消逝

远方的高空之中

白云牵着你的手

吸走了你的气息

随着飘荡

似乎是很久之前

河上浮云飘着流动之时

躲开直射的阳光

像只在走廊睡着的小狗

回忆也在天空中

一点点地消逝

在这天空的另一边

还有一片蓝天

在那个什么人也没有的空中

一点点地随风飘荡"

唱歌的人叫铃木常吉，在2020年7月6日因食道癌去世，终年
六十五。

剧中什么小故事都有，就是少了食堂老板的。他脸上有道很深
的疤痕，意味着他从前是个黑社会人物，因种种原因杀人入狱，出
来后开了这么一间小食肆，度过余年。

093

2022年11月19日　周六

　　和在意大利超市看到潘妮朵尼就知道圣诞节将至一样，见日本百货公司推出豪华版便当御节料理（Osechi），大家就知道快过年了。

　　他们过的是阳历年，和圣诞节差几天，前者的光芒一向被后者掩盖，气氛也一年不如一年，到底少了习俗之根，弄得不伦不类。

　　一年一度的御节料理便当盒至少有两层，更厉害的是三层，每层有九格，用木片隔开。一格之中，有时也不只塞满一种料理，他们认为越丰富越好，有些包含了四十七样菜。

　　放在中间的多数是小尾的龙虾，或是越前蟹脚和煮熟的鲍鱼，有时也用一个挖空的青柚子当碗，盛着三文鱼卵。

　　除了食材价钱高昂，也要讲究好意头，鲷鱼发音成tai。和庆祝"omedetai"尾音相同，也是日本人常用的食材。

　　在百货公司中的售价是2万多到3万多日元，用精美又大张的丝绸包着，但怎么豪华，食物到底已经冷了，我们觉得不佳。但对每天都吃冷便当，又只有一两种菜肴的儿童来说，能吃到御节料理还是有幸福感的。他们的同学，也许只能看着父母买来当礼物巴结上司。

094

2022年11月20日　周日

新书无新意，还是重读旧佳作，近来看的、听的，都是老书。

不得不提我最爱的作者之一达尔·罗尔德（Roald Dahl，1916年9月13日—1990年11月23日），其实应该是罗尔德·达尔，我却喜欢倒过来叫他。

他本人就像小说中跳出来的人物。挪威籍，英国长大的罗尔德，身高六尺六寸[1]，参加空军让他自由自在地在非洲平原飞翔，打起仗来他击毁二十二架德国飞机，前太太是著名的演员帕德里夏·妮尔（Patricia Neal），当了作家，他卖了约二亿五千万本书。

和一般读者一样，我最初接触到罗尔德的作品是本叫《接吻、接吻》（*Kiss Kiss*）的短篇小说集，内容和接吻一点也没关系，尽是些没有恐怖场面，但读了令人不寒而栗的故事。很奇怪地，这本书也被英国教育局指定为中学生必读之作。

罗尔德也当过英国间谍，和《007》的作者弗莱明做过同事，也改编过他的书，但未成功。

他自己的书改编成电影的有《查理和巧克力工厂》《欢乐糖果屋》《女巫》和《圆梦巨人》等。不知《接吻、接吻》一书有没有被翻译过中文。

1　此处的尺和寸指的是英尺和英寸。1英尺约合0.30米，1英寸约合0.025米。——编者注

095

2022年11月21日　周一

已重复了不知多少次，最好吃的自制消夜，当然以快、靓、正为主。

日清鸡汤泡面是首选，但只是那么吃太寡，如果还要煮其他食材，时间又太长，做完之后睡意全消。

近来发现一种"妈妈"牌泰国清汤米粉，和日清面同样美味，但也是要加料才够好。

到意大利食材杂货店买pancetta的那天，看到多种面，但一般都得煮上八分钟才熟，也发现有种加了大量鸡蛋的，能在三分钟内煮熟。试过之后，还是要四到五分钟才行。

符合快、靓、正的条件，如果再有蔬菜更完美。家中雪柜一向浸有黑白木耳，是在淘宝向把文翰买的，本身已经非常干净，浸泡后随时取出加入，就有了面，有了肉，有了蔬菜，但始终担心pancetta隔太久会坏。

肉干就没有这种问题，前几天弟弟从新加坡寄来两斤当地最好的"林志源"牌肉干，用剪刀剪成长条。泡面时，一齐放在碗底，注入滚水，又是完美的一餐。

096

2022年11月22日　周二

很久没和苏美璐联系，今天她在电子邮件中提到她先生乐山福在看《浴血黑帮》（*Peaky Blinders*）。

此剧在BBC播出时，我也看过，当今把版权卖给了奈飞，让更多观众欣赏。

英文片名有点古怪，其实译成"剃刀党"更贴切。背景是第一次大战后的伯明翰。当地穷苦的人民成群结党，把割人喉咙的剃刀缝在鸭舌帽的边缘，应付敌人，故名之。

此剧一共有六季，每季有多少集根据剧情决定，绝不拖泥带水。从编导、演员、灯光、摄影、服装到道具，都是一流，就差了那么一点点就会成为经典，时也运也，始终跑不出来，但绝对值得一看。

男主角基里安·墨菲（Cillian Murphy）也尝试过多次进入好莱坞，也是运气问题，和配角汤姆·哈迪（Tom Hardy）一样，令观众觉得可惜。

女配角安雅·泰勒-亦伊（Anya Taylor-Joy）的机会也多，在《后翼弃兵》（*The Queen's Gambit*）播出后，更是红透半边天，洗刷刚出道时被人讥笑像尾斧头鲨（两眼分开得太厉害了）的耻辱。

097

2022年11月23日　周三

和"天地图书"再三研究，关于2023年开挥春展的事。

日子太长的话，我的体力可能支持不了，太短了天地又觉得可惜。

"蔡先生，人流多那几天来好了。"最后，他们是那样决定的：从2023年1月6日到1月15日展出。

连续两周的周五、周六、周日我都会出席，不过时间缩短于下午2点到4点这两个小时。即我会在1月6日（周五）、1月7日（周六）、1月8日（周日），到下一周的1月13日（周五）、1月14日（周六）及1月15日（周日）出现。

因为地方所限，只能办个小型的，除了春联之外，"天地图书"还努力另辟一地，让我展出其他书法。

如果各位已经想出要写些什么的话，那么早一点评论这个专栏，把内容告诉我。临时想到也行，要等到我在现场写，得等墨干才能取走。

098

2022年11月24日　周四

　　姐姐传来新加坡《联合日报》副刊的剪稿，有位叫陈再藩的作者，撰写谢厚勋先生的事，希望抛砖引玉。

　　"玉"是不敢当，只能记下一些关于谢先生的往事。他在新加坡河畔开了间九八行[1]，命名"丰大"，父亲常带我们到他公司座谈，而我喜欢的是附近的小食档。

　　印象中的谢先生人清瘦，最爱谈论古今诗词，自己也作过，在家父的一本手稿《苔吟集》影印本中，找到一首他题鲁迅墓的：

　　"曾经呐喊与彷徨，犹向刀丛舞笔枪，

　　一片丹心爱国旗，毕生怒眼看豺狼；

　　不同名士谈风月，力导青年斗雪霜，

　　若仗夜台花竞放，应同人世并留芳。"

　　句中的"怒眼"，非常适合描述谢先生见人世不平时的表情，双眼瞪大如铜锣，我们小一辈的，一家四口常在他背后叫他"金目诗人"。

　　骂人时，谢先生写的绝句，最后一行只有六个字。人们问他少了一个什么字，他大叫："欠打。"

1　即牙行，经纪行。九八行不购货销售，只是为客户介绍商品的买与卖，从中赚取佣金，它每做成一笔生意，就按成额向货主抽取百分之二的佣金，货主实得百分之九十八，所以叫九八行。——编者注

099

有些餐厅开始经常去，一阵子停了，就一直忘记，铜锣湾的"伽倻"就是其中之一。和叶一南谈起，他也是熟客，也久未访，今天就决定这家。

本来在罗素街8号，当今迁移到登龙街的金朝阳九楼。一看，哇，甚够胆，地方大得不得了，有八千（平方）尺左右吧，数一数座位，可坐两百人。

"伽倻"是香港韩国菜中做得最出色的一家，今天去得早，还有空位，坐了一会儿，已满。

和老板娘苏珊见了面，她认出我来，抱怨为什么那么久没来看她，我担心她会像韩剧一样，用勺子一大口一大口来喂我吃东西。

烤肉到处有，就不叫了，先来生牛肉，我已经会用韩语点菜，随即叫了一桌。

韩食之中，生牛肉一定用整只牛最好的部分，切碎了加生鸡蛋、蜜糖和梨丝拌匀来吃，喜欢生吃的人一吃上瘾，这家做得最好，可以放心食之。

接着有数不清的伴菜，都是自己腌制的，新鲜的"辛奇"完全不酸，我们连吞三大碟。

要了一个牛杂锅，大得很，吃不完可以打包。又叫了较少人欣赏的鱼子煲，用泡菜煲明太鱼子和鳕鱼的白子，暖胃最佳。

本来点辣菜饭，我建议不如辣菜面，下大量辣椒膏，可辣死人。

蒸牛肋骨做得也精彩，可分辣和不辣，我们还是来不辣的，上道菜已够呛。埋单，价钱合理。

100

2022年11月26日　周六

安东尼·波登在2018年6月8日自杀，现在还时不时想起他说过的话：

"坏的菜是没有自尊心的厨子做出来的，他们对生命没有热情，毫不关心。他们只想讨好每一个客人，他们做出来的菜是虚伪的，充满恐惧感和没有自尊心。"

"你的身体不是一座庙宇，它是一个游乐场，尽情尽心地去玩吧。"

"旅游应该是一个以摇摇欲坠的、蹒跚的步伐到未知境界的一场享受。"

"功夫可以教会，但个性改不了的。"

"当你活了这一辈子，走过每一条路，你会有一点点的改变，这些改变把疤痕留在你身上，大多数是美丽的，但是让你悲伤的也不少。"

"看你怎么烧奄姆列[1]，就暴露了你是怎么样的一个人。"

"对我来说，生命中如果少掉了小牛熬汤、肥猪肉和臭芝士的话，这生命不值得活了。"

"我并不担心人家当我是一个傻瓜。"

"和人吃一顿饭，你就会知道他很多事。"

"我不必赞同你的话，或喜欢你，或尊敬你。"

1　英语单词omelette的音译词，指煎蛋卷。——编者注

101

2022年11月27日　周日

　　我们看邦德系列电影，从1962年的《007之诺博士》（*Dr. No*）到2021年的《007：无暇赴死》（*No Time to Die*），不经不觉，已看了60年。

　　一听到喇叭的声音，主题曲一奏出，我们即刻期待不让人失望的片子将会出现。喇叭声扮演重要的角色，主题曲用尽了长号、短号、低音号、法国号和大小喇叭，缺一不可。接着就是一个小人，在来复枪管中向观众开了一枪，血流下来。

　　所有主题曲都由当代最出名的歌星唱出，片子的成功让制作人想请谁就请谁，而所有歌星都会因为受到邀请而感到骄傲。

　　印象最深的还是莎丽·贝希（Shirley Bassey）唱的两首：《金手指》（*Goldfinger*）和《金刚钻》（*Diamonds Are Forever*）。

　　这位女歌手撕心裂肺地唱出，再也不做其他选择。如果有兴趣看她的表演，最近Prime Video（亚马逊旗下的流媒体视频网站）有两套讲邦德系列电影音乐的纪录片《007之声》（*The Sound of 007*）和《007之声：皇家艾伯特音乐厅演唱会》（*The Sound of 007：Live From the Royal Albert Hall*）可以一看。

　　后者更集合了许多唱过主题曲的歌星来表演；前者则讲述制作人如何挑选的过程，十分有趣。

作为007的影迷，我们当然希望一直能够看下去，最后一部片中的男主角死了，并不代表这个角色已经身亡，新的演员将继续演出，也许出现一个黑人演员来担任也说不定。

102

2022年11月28日　周一

我们住日本的时光叫"昭和"，从1926年到1989年，是一个有趣的年代。

在这期间内，日本发明了半导体的收音机，将巨型的缩小成手掌也能把玩的机器，接着是录音机，还有忘不了的"随身听"，索尼的Play Station（简称PS，中文意为游戏站）也在这年代推出。

松下推出了家庭电器中的三种神器：洗衣机、电视和雪柜。

本田出了摩托车之后，也出汽车。

让世界饮食习惯改变的即食面也在昭和发明，安藤百福还在这期间推出了杯面。

"新干线"让我们从东京到大阪的旅途缩短为三小时内，当年的首相田中角荣，把新干线发展到各个难以到达的县镇，物流的便利令各个被风雪封闭的乡下得到开放，农民也成了巨富。

"宅急便"随之产生，大家都利用这家以大猫叼着小猫作为商标的物流公司送货。

经济越来越发达，到了昭和尾期，经济泡沫膨胀到最后之时，我记得在街上叫的士，要伸出三根手指，的士司机才会停下，那是要付打表三倍价钱的手势。

103

新米的季节又到了，我家炊的饭，粒粒饱满，亮晶晶，香气扑鼻，连吃白饭也是一种享受。

"我买了一包日本米，贵得要命，但尝起来一点也不好吃。"友人投诉。

那是旧米呀，去年收割的，已经过了十二个月了。

"什么？米也有新的和旧的？"

当然。

"那你买的是不是新潟米？"友人又问。

从前吃的就是。这些年来的，都是中国产的五常米。友人"饭桶"以爱吃白饭闻名，买一块地专种无农药的米。

起初还有一点怀疑，试过之后完全折服，比较之下，其他产地的米已经逊色。炊了一锅，有时吃不完，拿来炒饭更是一绝。也不必分现炊的或隔夜的，照炒就是。先爆香意大利的腊猪颈肉，打两个蛋进去，再把芥菜切碎了炒之，已是我的家常菜。

香港真是一个好地方，可以买到"饭桶"生产的米。这米名叫"天缘道"，直接在京东自营旗舰店或者天缘道粮油旗舰店购买，贵是贵了一点，但白饭嘛，一天能吃多少呢？

104

2022年11月30日　周三

所有的国际大牌和好莱坞巨星，都要给英国的一个访谈节目面子，那就是BBC的《格拉汉姆·诺顿秀》（*The Graham Norton Show*）。

新片上映时，制作公司都要求明星做宣传，来欧洲宣传一定选中他的节目，就算真人不能到达，也要在线上和诺顿对话，他的影响力极大无比。

主持人身穿花花绿绿的西装，留着小胡子，奔跑出场，对着坐在沙发的嘉宾聊天。

嘉宾人数可多可少，有时六七个人挤在一起，个个都是大明星，而他们也不在意，总之有机会上诺顿的节目，已是光荣的事。

更厉害的是，诺顿能面面俱到地让每一个受访者发言，没有一个会遭受到冷落。他尽量地让对方说出好笑的事，或者表演一下他们的才华，让整个节目充满娱乐性。

有兴趣不妨上BBC看看。

105

2022年12月1日　周四

姐姐近来一直学习书法，写完寄过来给我改正，颇有心得。

字写得多了，偶尔也画画，临摹的一些小和尚形象，非常可爱。她在南洋女子中学当校长数十年，学生众多，上门来求画的不少，她也一一免费送赠。

我较为市侩，一开始就只卖不送，求字的人越来越多，我的笔润有市，也越卖越贵，绝不脸红。

还是家父为人温文尔雅，书法功力比我强，但也不卖。有次和家母在欧洲旅行，经瑞士时早餐叫了两颗煎蛋，天价般高。家母说那么贵，第二天早餐可否省省。

这事在家父心中留下阴影，回到新加坡，若有人求字，便得送上鸡蛋交换，从此不愁没煎蛋当早餐。

建议姐姐也学习，也得收几个鸡蛋来吃吃，一方面，不让对方觉得太过轻易；另一方面，好玩得很。

106

2022年12月2日　周五

"我要去日本，很多当地的东西我都买了，还有什么可以买的？"有人问。

"买不完的，日本虽然是一个小国，要看你对什么方面有兴趣，精究的产品更是多姿多彩。"

"最好是一些文化遗产之类，带艺术性的。"

"范围是缩小了，但还是谈不完，像我常提起的小千谷缩，是一种严冬下纺织成的布料，织好了铺在雪地上，让雪把麻料冻得缩出皱纹，夏天穿起来才不会粘身，已是艺术品。"

"还有什么可以推荐的，我最喜欢喝酒，有什么好酒器？"

"这对路了，当今日本国民老龄化，不必要的东西断舍离，大把古董陶瓷杯盘推出市面。"

"太普通了，有什么特别一点的？"

"有没有听过一种叫'江户切子'的切割花纹玻璃线条？它是江户时代特有的文化，把彩色玻璃割出线条，漂亮极了。"

"很贵吧？"

"那要看雕工有多复杂，一般的两三万日元就可以买到。"

“玻璃用什么刀雕？”

“当然是钻石了。当今已有人用在手表表面上，做工非常细腻，单买一个就会爱上，越买越多，上瘾了就不便宜了。”

107

2022年12月3日　周六

和友人打麻将，局后吃大闸蟹。

从前吃过好的，当今大闸蟹越来越不行，就少吃了。算起来，已有近十年没去碰它。

有一个时期，我每次只吃一只，把蟹壳慢慢拼回来，相当完美，看到的人啧啧称奇。今晚的大闸蟹品质不错，还以为会惹湿疹，强忍下来，也干掉三只。奇怪，事后一点事也没有。

有些人一次可食几十只，只是吃膏，其他部分弃之，但总觉得太过浪费，不如食秃黄油。

座上有人提起，有些富豪还把鱼子酱掺在蟹膏之中，令我想起曾经有个食客设计了一场"暴殄天物"盛宴，用鹅肝酱涂满乳猪皮，结果全桌人大泻三天。

记得以前吃完大闸蟹，用豆苗搓手，味道还是久久不散，当今水龙头一冲就干干净净，相差甚远。

想起到了这个季节，总见日本东宝电影公司老板川喜多先生来到，邹文怀先生必宴请他在"天香楼"吃蟹，我作陪。

吃完后我问他还有什么比大闸蟹更美味，他回答是该餐厅的酱萝卜，每次必打包一罐在飞机上吃完才肯回去。

108

2022年12月4日　周日

我是一个可以吃到腹泻的雪糕狂。

一听到有什么新产品或刚刚开张的店，必驱车前往，好友们都知道我有这个毛病。

我说的好吃，当然带着主观和偏见，但也不能说不公平，到底是吃过、比较过之后得到的结论。

香港最美味的雪糕应该是在意大利超市Mercato Gourmet买到的，用真正的香草豆荚和刚空运到香港的意大利鸡蛋及鲜奶制成，香甜无比，一吃上瘾。

一般的意式冰激凌也好吃，但注重坚果味和水果味，并非我第一选择。

友人传来信息，说湾仔有家叫Chateraise（莎得徕兹）的，我问："什么？是法国菜吗？"我对法式大餐没什么兴趣，原来是新开的日本蛋糕店。取了个洋名。

即刻前往，这家所谓雪糕店，卖的是以雪条为主。要了玉露、牛奶朱古力、鲷红豆等口味的，差不多买齐。回家各吃一口，发现奶味不足，和在日本吃的雪条，相差甚远。

要吃的话还得去日本吃他们的软雪糕，奶浓味香，是软雪糕的特点。

109

2022年12月5日　周一

香港的贫富悬殊，可以由出入餐厅看到很明显的分化。

一般茶餐厅、冰室之类的越开越多，不过是化了妆的大排档。而所谓高级餐厅，人均3000港币的已经不够好，六七千的也开得有如春笋。

听友人说四个人去吃，埋单一万多是等闲事。经理走出来，报告隔壁厢房中付账是3万。不出奇，吃的是西餐，开瓶勃艮第，已是五六万。

当今各高级餐厅人均消费五千，等闲事，中餐的话还吃不到干鲍和黄鱼。Omakase已涨至人均六七千才算特别，加酒，每个人也要一万。

友人开的餐厅平、靓、正，富豪来到劝说，为什么不多收一点？这么一来我们才好订位。这些人除了黑心，开的也是公账，反正上了市，吃别人的，贵一点好。

当然，在茶餐厅三四十港币也能吃到丰盛的午餐，但看别人那么穷奢极侈，心中积怨消除不了。问题只会越来越严重，解决不了，只能摇头，只能摇头。

110

2022年12月6日　周二

久渴旅行的香港人，已经开始到处出门。常有人问我，世界上到哪里可以吃到又便宜又好吃又亲民的餐厅。

听我说，不如去看BBC的一个叫《非凡餐厅》（*Remarkable Places to Eat*）的节目。它由一个从事餐饮行业三十年的法国佬主持，叫弗雷德·西里埃克斯（Fred Sirieix），之前拍过电视饮食片，认识了各国的餐厅老板，再从他们的推荐去找。

大家最头痛的还是威尼斯，被游客占领，每间食肆是又难吃又贵的，但弗雷德由常去威尼斯的大厨带去，完全颠覆了这个印象。

摩洛哥的马拉喀什也难找，同样的在节目里介绍了当地最好的。还有被各地食家认为是美食之都的西班牙圣塞瓦斯蒂安，也有门路。

我们先在节目中选出适合自己胃口的，出发前预订，总去得了。

弗雷德在伦敦还有个好友叫米歇尔·罗克斯·Jr.（Michel Roux Jr.），推荐的英国食肆更是准确，价钱都很合理，他自己常去吃，不会做冤大头。

当然，在巴黎他也去吃了最贵的银塔血鸭，但怎么贵，在香港这个贫富悬殊的社会看来，还是便宜的。

2022年12月7日　周三

一直聊我喜欢吃的东西，今天谈谈我讨厌的食物。

食无定味，适口者珍，食物的喜恶，完全出于主观，他人不同意，绝对尊重，但不辩论。

最不喜欢别人爱吃的薯仔，大家叫为土豆的，不管怎么煎，如何炸，看到了就跑。

另外是番茄，意大利人一定会与我争个你死我活，不会去管。

鸡肉也不爱吃，但有例外，如做得好的海南鸡饭、炸印尼长腿土鸡等，还是可以一试。印尼人把豆子发酵了，炸成天贝，亦非所喜。

有时候不一定限于食材，做法也能令我歇足。像西餐大厨做的鱼，到最后总要下柠檬，令人生厌。这种毛病始于鱼运到内陆时已不新鲜，非弄点酸味来遮盖不可。

有些是小时候留下的坏印象，像被蛋黄卡住喉咙，从此怕怕，但把蛋黄蛋白混在一起的奄姆列，又喜欢得很。

吃得太多，割破了嘴后就不能接受的就是凤梨了，不必说吃，一看到也头部发痒，流出汗来。

与酸东西一向无缘，近来喜欢，是因为逐渐爱上意大利陈醋，渐渐可以接受原来不喜欢的味道。口味是可以改变的，不是一生一世的事。

112

2022年12月8日　周四

讲过我讨厌的食材之后，可以谈谈我不喜欢的煮法。

第一种就是煎三文鱼了，所有三流的西厨都会做这个菜。从超市中买来已经处理好的一大块，锅热下油，放在上面煎一煎，反过来，又煎一煎，生一点熟一点都没关系，本身已有咸味，连盐都不必下，完成。

第二种是煎鸡胸肉，因为有那么厚的一层肉隔热，初学厨子用手指把肉按了又按，下盐，又完成。

我在电视节目中一看到他们这种做法，即可知道斤两有多少，马上转台。

所有用锅来炒的菜，厨子用上三十分钟来炮制，一定又老又不好吃，别说怎么去控制火候。

任何煎炸的东西，除了天妇罗之外，我都是觉得又投机取巧。英国人把薯条和鱼加粉浆，炸得厚如《圣经》的国食——炸鱼和薯条（fish & chips），我都觉得是一种低级的烹调方式，高级食材给他们那么一蹂躏，更是难以下咽。

天下骗子，真多。

113

2022年12月9日　周五

骗子也分高级和低级，后者不再多谈。前者只要有一个小钳子，就能做到。同样地把一块鱼，用手放进锅中，按了又按。之后便用小钳子夹起小番茄、小萝卜摆盘，各种配菜，加上小鲜花，完毕。

别忘记酱汁，西厨们发现了日本柚子汁、中国香港的XO酱、中国四川的花椒，甚至最基本的越南鱼露，就可以登上大雅之堂，任何难吃的食材，加上这几种酱汁，又是高级料理。

另外有最基本的骗术，那就是把任何食材都放进一个叫"慢煮锅"的锅中，一煮八九个小时，再淋上酱汁。

更原始的，就是切成小块。牛排和鱼一切成小块，又是一道，反正一餐有十几道菜的品尝菜单，大块的没有办法吃完。

连这些伎俩都学不会，只有煎羊架了。从超市中买了几片，在油锅中煎了一煎，好羊架很难煎得老，三流厨子有良心的话，加点薄荷啫喱，甜甜地，把客人当小孩子骗，混账。

114

2022年12月10日　周六

有些常喜欢把照片发表在公众平台的所谓美女，看得令人生厌。为什么别人不会，只是她们呢？

皆因摆着"甫士"[1]摆款，每张都是一样：侧个头，眼望镜头似笑非笑，以为这是最美的。

其实要扮瘦可由摄影师借助拍摄角度再补救，镜头摆高向主体，一定比平拍或高拍瘦，不相信你试试看，永不失败。

背着光拍，光线由两旁照来，主体也会比一般瘦小，其他可向左或向右侧，但永远要求摄影师从高拍下。

在头部下面放一大张白纸，令光线反光，也能拍出美颜的效果。

被拍时有时微笑，有时大笑，有时严肃，做出多种表情，然后选一张你最喜欢的。

我的经验，是当摄影师举起相机，我的头一定从左到右，或眼线由高到低，摆一下等一下，让他有足够的时间抓拍。

很奇怪地，编辑一定会选你望着镜头那张，其他的功夫，完全白费。

1　英语pose的音译词，意为姿势。——编者注

115

2022年12月11日　周日

任何没尝过的食物，我都会去试一试。

发现鱼腥草并非那么难以接受，而且时不时还想到昆明去吃。

最臭的臭豆腐也难不了我，还觉得味道颇温和。

芝士类中所谓奇臭无比的法国勃艮第大区的埃普瓦斯奶酪（Époisse de Bourgogne），对我来说也是小儿科。

天下最厉害的是臭的鱼类了，不但臭，还腥得要人命。如果用一到十来算，日本臭鱼干的等级是一罢了。

二是日本滋贺县琵琶湖的鲤鱼，腌成"鲋寿司"。选雌鱼中带卵的抹上盐后，在木桶中放置两三个月，接着抹上沾盐的米饭，继续发酵一年，取出之后切片来吃，味道要多古怪有多古怪，要多臭有多臭，要多腥有多腥。

三是瑞典的鲱鱼罐头，因为持续腌制，臭气会令罐头发胀，要在屋外打开，避免臭水四溅。

四是冰岛的臭鲨鱼，腐烂后又腐烂，才成形。

没有五六七八九，跳至十，那是韩国臭魟鱼，要夹在老辛奇里和卤猪肉一起吃，我请香港名厨周中去试，因为他也说过什么都不怕，结果还是逃之夭夭。

116

讲了很多讨厌三文鱼的事，大家以为我恨之入骨，从不去碰它。

不对的，我也吃三文鱼，要是好吃的话。

难以入喉的是养殖的三文鱼，鱼肉色渐褪，最后粉红肉变成灰褐，只有拼命地下色素，结果看起来还可以，但是已经腐烂。

我在高级超市看到一块，明明已经有几条虫，但售货员不承认，可怕至极，这种三文鱼，你吃吧，别留给我。

吃过最鲜美的一口，是陪友人到塔斯马尼亚那趟。忘记买手信，要见她父母，不能两手空空，就到码头去，看到一尾三文鱼，足足有鱼肝油招牌上渔夫背着的那条那么大，就买下，扛到她家，她父母留我吃饭。我说没时间，要搭飞机回墨尔本。

"最少吃一口吧。"老父苦口婆心，好，就那么一口。在厨房找到一把利刀，切了背部一块，就那么生吃。

啊，那种大西洋的野生三文鱼，天下美味，至今不忘。或者是肉本身，也许是主人家殷勤，那三文鱼真是好吃。

117

2022年12月13日　周二

和塔斯马尼亚的太平洋野生三文鱼同等级，还有苏格兰的三文鱼，他们最拿手的烟熏三文鱼，我也喜欢。

可以生吃的还有北海道的"鲑儿"，只能在网走与知床中间海域捕捉得到，一万条鲑鱼，当中才有一尾，也称为"幻之鲑"。这种鱼就可以放心吃了，当地人吃鱼知识够深，他们知道什么可以吃生的，什么要烤熟。

一般在日本家庭之中，早餐一定有烤三文鱼这道平民料理，入乡随俗，我也照吃，味道当然普通得紧。

最特别的是他们的"腹筋"三文鱼肚，为了美观，劏三文鱼时，宁可把这块最肥的部分切掉。从前是丢弃的，三文鱼贩偷偷地笑，留下来自用。

当今在鱼市场中也可以买到，用真空包装了四五长条，也不过卖2000日元左右，我看到必不放过，拿回家，用个平底锅，油也不必下，就那么煎，是最肥美的三文鱼。

高级寿司店也卖这块肉，要是主厨有信心的话。他们知道什么是最好的。

118

2022年12月14日　周三

中学同学胡杰从新加坡来港，由我来宴请他和他太太及公子。他们一家全是老饕，吃什么好呢？

首先，一定要有一道让客人记得的菜。想起了"和昌饭店"的烧乳鸽，就决定下来。许多友人也认为是全城最好的，错不了。扮相也不错，弄一个草巢，旁边放颗鸽子蛋，然后加红烧乳鸽。果然，这顿饭大家吃得高兴。

老友相见，谈起往事。我们那一班的还有其他两位，共四人，从不曾认真上课，经常逃学去看电影。

考试来临，我把历史教科书一撕成四，每一个人读熟自己那部分，之后坐下互相交换心得，就上阵去。

结果四人都及格。

没有胡杰兄提起，我就忘记了。一忘记，就好像把这段往事埋葬，经他一提，在脑中又复活了。

古人说的"只愿无事常相见"，的确有它的道理。如果你有机会和老友或老同学见个面，千万别失去这个机会。

119

2022年12月15日　周四

很可惜，电视上有许多节目没有中文字幕。

我喜欢看的频道之一是NHK World（日本广播协会世界台），英语放送，可造福一部分懂英语的观众。

除了播有关日本的新闻之外，国际的也有，最多是与文化有关，详细介绍日本的每一个县，以食物为主。

单单看京都的已够，包罗万象，观后才知道什么是文雅的女人，她们穿和服，大家聚在一起去吃失传的菜，研究陶瓷的出处，以及茶叶的欣赏。

对浮世绘也做更深入的探讨，由一幅看来普通的人民生活画，放大起来，讲解每一个细节，原来是和时令、穿着，所有的活动有关，令人看得津津有味。

另一个NHK制作的长寿剧是《鹤瓶的家族干杯》，已播了二十七年，由笑福亭鹤瓶带一位名人，到各县去突击性访问，有时也播回几十年前和这些家族的片段，现在变成了什么样子，很温馨，很有人情味。要看得付费，每周一晚上7点50分准时播出。

120

2022年12月16日　周五

我抽小雪茄，身上总带一个打火机，用的多数是瑞典的Cricket（草蜢）打火机。

当年我乘邮轮从中国香港到日本，首次接触到这个牌子，是第一个即用即弃的，打火时发出的声音像一个草蜢在叫，故名之。

草蜢牌一直在发展，后来就生产出今日用的那一型，以及各种色彩及花纹。

学习草蜢的有法国的BIC（比克），长形的，装的油量甚多，产品滞销，故出迷你版，小巧可爱，在西班牙制造，我在那里拍戏时看见每人手上一个。

闲时随处逛，走进7-11就买打火机，都是基本的紫、黄、蓝、红，穿什么颜色的衣服，配什么颜色的打火机，也甚是好玩。

苦恼的是，不知道为什么一定机身上要有一张贴纸，很失美观，用手指怎么刮也刮不掉，剩下半张，讨厌得很。

克服此事，有一种叫"不干胶除胶剂"的东西，由天然物质采取，不伤害皮肤，用它点几滴在那张贴纸上，即能整齐地除去，可在淘宝网买到。

121

2022年12月17日　周六

　　每到圣诞节，各个意大利食物的店里都摆满了潘妮朵尼。

　　什么东西？是一个大蛋糕，篮球那么大，充满了松化的蛋糕，还有葡萄干、橘子皮、樱桃等配料。

　　因为可以摆放三四周，是很受欢迎的礼物。材料不贵，卖得可不便宜，分大、中、小三种。

　　牌子的更是值钱，最贵的是购物狂必敬仰之地，米兰名店街蒙特拿破仑大街的COVA制造，COVA始创于1817年。

　　潘妮朵尼在当今各大意大利食材店都有售，其他牌子和COVA的一比较，便宜得令人发笑。其中的馅也不比它差。

　　家中也有人送来，我半夜三更肚子饿，会用大刀切一块下来当消夜，但吃惯浓味的英国传统果子蛋糕，里面有大量的黑葡萄干、黄葡萄干、无花果和樱桃及枣类，就嫌潘妮朵尼味寡。

　　解决办法，是淋上最好年份的威士忌，少量罢了，这个钱值得花。

122

2022年12月18日　周日

奈飞一味商业化，还是Prime Video的串流平台，时而会出现些惊喜。

最近播出的有《摩登情爱》（*Modern Love*）第二季，这是根据《纽约时报》的专栏文章改编的短篇爱情故事，每一个情节都有吸引观众之处。第一季播完之后，隔了一段日子，观众要求继之。

第一个故事由女主角驾着一辆古董车，想念亡夫开始。并不平铺直叙，一段段的情节串联起来，拍得甚好。

其他的故事也吸引人，值得一看。追下去发现同类题材拍了东京版、孟买版和阿姆斯特丹版，将慢慢欣赏。

喜欢这平台，是因为他们也够胆拍了《丛林中的莫扎特》（*Mozart in the Jungle*），讲纽约交响乐团的故事，有指挥家、各种乐器表演者，至赞助商，有趣又深入，非常之高级，也能雅俗共赏，甚是难得。

当今进入串流平台是易事，LG电视机的遥控器，都有奈飞和Prime Video这两个台的按钮，一按即打通。

最近的好莱坞投资巨额拍些文艺片来与串流抗衡，都失败，今后已是串流时代了。

123

2022年12月19日　周一

猪牛羊鸡等家畜家禽之中，还是最不爱鸡了。

不比猪香，无羊膻，最没有个性。

但是说我一点也不尝吗？倒不是。经高手处理，还是吃得过的。

像鸡皮，我到日本烧鸟店去时必点，但谈到鸡胸肉，就无趣了。

鸡种也有关系，法国的布雷斯鸡全身都好吃，因为有独特的香味。

煲汤时，要是找到一只老母鸡，就完全不同了，煲出来的汤又浓又甜。自己煲过，比较过，就知道，可惜当今老鸡一只难求。

印尼或马来西亚的长腿走地鸡，炸了又翻炸，甚香，配上自己研磨的辣椒、虾酱和酸柑，一流。

白灼鸡胸肉是世界上最乏味的一道菜，所有将这道菜搬上银幕的电视节目我都讨厌，对这些所谓的名厨也万分歧视。与其用普通鸡，买火鸡来做更妙，反正肉更厚，你说是不是？

124

2022年12月20日　周二

闲时，我就炸虾饼。炮制一堆，放进一个大饼干盒中，可存两三周，照样爽脆。

用的原料是印尼生产的"Ny.SIOK"，可在专卖印尼食材的杂货店买到，比其他的贵一点，但印尼盾不值钱，能贵多少？

"为什么我们炸得不香？"友人问。

秘诀在用猪油炸，当然比任何用植物油炸的更香。去买一大方块的猪肚腩肥肉，整齐切成邮票般大小，慢火炸之，除了熬出猪油等下炸虾片，剩下的猪油渣更是天下美味。

起初学炸一定失败，不是不熟、生硬就是发焦。不要紧，熟能生巧，多试几次，还不能成功的话，那你与烹调无缘，早点放弃。

另一个办法是把油涂在生虾饼上面，放进微波炉也能完成。当然，最初还是可能失败。

最高级的还是日本"坂角总本铺"的海老虾煎饼，一盒二十四片，但零售价已经是港币483块，特价348块，可在"好想买嘢"（Vloveshopping）网上买到。

这个价钱！还是自己学着炸吧。

125

2022年12月21日　周三

这周周日，家政助理不放假，可请她帮忙，决定包葱油饼。

这也因为想起故师故友丁雄泉先生，在他阿姆斯特丹的大宅二楼厨房，我们也包过葱油饼。我们两人都认为店里卖的葱油饼葱都不够多，气死人。

自己做的话怎么胡搞都行，先到街市买十根京葱，切成戒指般大的圆圈，先撒黑胡椒、盐调味，不放味精，可加一点点糖，拌匀。

那边，用面粉和面，加发酵粉，等面团胀大，搓成条，切为球状，用棍子擀，四周压薄，中间留原状，折叠起来时就同样厚薄。

葱尽量多，包起来肥肥胖胖，气势凌人。

这时就可以下橄榄油入锅，慢火煎到表皮略焦，香喷喷上桌。

感觉上有点寡，决定这次包时馅中加进烟熏腊猪颈肉碎块，丁先生要是来尝，也会微笑点头。

126

2022年12月22日　周四

请客，点菜，是种学问。

一般上冷盘、热菜和汤。广东人相反，先来汤，不然在后面上的话，之前的东西会胀肚，再也吃不下。

不过这也很闷的，像传教士一样，日久生厌。我与好友一起吃饭时，都不依照传统，像什么餐厅的烤乳猪做得最好，就得先上一只，大家肚子饿时，吃个津津有味，整只扫清。

常遇到的情形是，本来想吃一只烤乳猪时，先上头盘，再上鸡、鱼、蔬菜等热菜，等到主角登场，已饱。浅尝几片，就得放下筷子。

这一来，此顿饭就不会留下印象。

最近又有友人来港，目前杭州菜在杭州已变得面目全非，有些太简化，有些太奢侈，都不是以前的样子。

打电话到"天香楼"时指定要云吞鸭煲，店主说你们才四个人，怎吃得了那十个人的汤？

就是要那么吓人，旁的菜都可以后来，那煲鸭汤气势磅礴，友人会记得的。

127

2022年12月23日　周五

凡事，有了恒心，结果总是好的。

我从2009年12月14日开始玩微博，至今已有13年多。

当面痴友人卢健生介绍我认识什么叫微博时，我问："结果又如何？"

"结果你有一大堆新朋友。"他说。

这个答案已经够了。我付出许多时间和精力，13年来得到1072万多名粉丝，心满意足。

流量太多，所有人问的问题，我已不能一一回答，所以设下了规限，这一点大家虽有不满，也平心静气地接受了。

春节始终是个值得喜庆的日子，我在农历新年前一个月把微博开放，任何人都能参加，提出他们的问题和意见。

往年这些日子，我都会到日本旅行，晚上不管多疲倦，也会躲在榻榻米和厚被之间，逐一回复，问题虽不受限制，也希望大家问些有趣点的，这是我新年的愿望。

128

2022年12月24日　周六

友人宴客，在一家新派的"烧鸟店"。

日本人鸡鸟不分，烧烤亦分不清楚，烧鸟其实是烤鸡。

已讲过最不喜欢鸡胸肉，但想到日本师傅精心烤出来的鸡皮还是美味的，欣然赴约。

原来所谓的新派，不过是请了一个洋人当主厨，拿出一台平板电脑，问客人想吃什么，他就点点点而已。

烧的功夫交给了嘴边无毛的日本助理，此君不苟言笑，功夫也远不及老师傅，支撑场面也不够魄力。

我一点肉都不吃，专攻皮。店里有三种，厚皮、薄皮和鸡鸡皮。厚的大概是用了鸭子皮，薄的用鸡皮，而最后一种是鸡的生殖器包皮，听起来有点恶心，但还是香的。

其他的什么蔬菜都有，最后连芝士也烤上了。这家店看准香港人吃东西喜欢多元化的心理，不陈守老日本的几种基本食材，大受欢迎。

但像我这种老古董还是热爱传统，食材要新鲜，不要冷冻的。杀那么几只鸡，哪有那么多皮之类的？

吃烧鸟，在东京，我也只吃老派的银座"鸟繁"，而在香港，老店"五味鸟"才能满足我。

129

2022年12月25日　周日

开在东京银座的"鸟繁"，已继续了三代。昭和六年（1931年）创业，至今九十一年。

走进店里，有一条很长的木柜台，前面坐十几位，另有房间，也能容纳十二名客人。二楼大厅可坐二十人，但全部禁烟。

"烧烤起来满店是烟，禁不禁香烟有什么关系？"我问店长。

"此烟非彼烟。"他回答。

第一个印象，是用大铜壶装着清酒，倒满玻璃杯后，再把木盒中剩余的酒干掉，当今已没有人那么喝了。

最受欢迎的是"tsukune"（一种像贡丸的烤鸡肉团）和"手羽先"，就是鸡翅了。师傅一串串地在你面前做好，精心烤起。

接着是别的店所无的"相鸭"，用肥鸭夹着大葱烤的。还有用鸡汤煨的咖喱饭，另一碗汤中有只生的鹌鹑蛋，简单但甜美。

香港客人光顾，当然叫的花样更多，几乎把店里所有的食材要了个遍，合计1万多日元，在当地算起来是贵，但我们不像在香港那样开瓶"十四代"，那边普通的清酒，便宜得令人发笑，也好喝。

地址：中央区银座6-9-15。

130

2022年12月26日　周一

如何享受烧鸟呢？当然，从最正统的老店开始。去过"鸟繁"就知道烤鸡的味道，但这个阶段你并不能完全了解。

得从街边粗糙的开始，银座附近的烧鸟店，开在火车桥底，价钱最是便宜，随便走进一家，指指点点，小贩便会做给你吃。

这是基本的训练，接着你会要求更精致的，这时候到"鸟银"好了，花样甚多，能满足香港客，很有特色的是"釜饭"，用个小铁饭煲，上面铺鸡肉碎炮制出来。

接着就是到书店去找东京各个区的特色"烧鸟"，一间间去试，在涩谷区，有的还卖生的猪肝，你怕不怕？

接着便可以去所谓的"新派"烧鸟店，有什么烧什么，所有的食材都能用火烤出来的嘛，只要你想得到，就烤得出。

逐渐地，你对烧鸟的认识加深，也辨明它的真正滋味，那就是用最新鲜的食材，秉持初心地烧烤，完全没有语不惊人死不休的动作，这时你毕业了，可以回去"鸟繁"吃。

131

2022年12月27日　周二

又来聊萨古鲁（Sadhguru），讲的不是他的宗教与哲学理论，而是他的衣着。

好家伙，实在会穿衣服，上台时，一套全白的丝绸衣裤，再缠一条巨大的金色披肩，配衬得十分高贵和完美。

当今有一大群人包围着他，他要什么有什么，一改刚出道时穿皮夹克骑电单车的形象，真有大师风范。

在世界各大都市演讲，美国的主要电视清谈节目出现得最多，已是一个家喻户晓的名人，衣服当然不能乱穿。

除了懂得配色，他还颇有品位，很多巨大的围巾料子，都是最好最薄的克什米尔细绒，有些是枣红色的，薄如蝉翼，绣着无数的细花。如果是普通净色的，当今已卖到十几万港币，他那条如果买得到的话，价钱一定令人咋舌。

他公开演讲的言论，除了印度宗教和瑜伽之外，我都能懂，我都能说得出，但是，讲到穿衣服，只有服了他了。

132

2022年12月28日　周三

在香港，喜欢吃东西，又自己煮两味的人，一定爱逛 city's uper。我也不例外。

我最佩服商超采购寻找各种最好食材的精神。举个例子，city's uper里有各种来自澳大利亚的羊肉，这不稀罕，澳大利亚的羊肉有好有坏，但找到了苏格兰的设得兰群岛羊，真是不容易。这又是我的老友苏美璐住的小岛，所产之羊肉，咬起来柔软无比，我一看到即刻购买。

还有各式各样的日本食物及调味品，亦是其他商店难找的。有个专柜卖日本豆腐，可以放心地就那么吃，顺便买一份现成的鲣鱼碎，撒在上面，倒点酱油，简单又美味。

至于和牛，售价甚高，与其到不能信任的冻肉店买，不如去 city's uper选购了。各种部分，煎牛排用的、吃寿喜烧用的和做汉堡包用的，都帮顾客切好。

其他值得推荐的货物，多不胜数，今年农历年间还推出礼品篮，一意和COVA争一长短。

顺便说一句，此文有极严重的商业性宣传，但我并未收到分文，算是对得起读者。

133

2022年12月29日　周四

童年好友黄秀琛现居巴黎，和澳籍女士珍妮结了婚（这是他的第三次，佩服至极）。两人无子女，养了一只猫，是西伯利亚森林种，我说这种猫在香港卖得不便宜，珍妮回答在法国也贵，她不知道香港的一切售价，已疯癫了。

珍妮说这种猫会那么贵，是因为对猫过敏的主人也能接受，这一点没她提起，我还不知道。

"你那么爱猫，怎么不自己养一只？"

许多人问过我。我从来不觉得"养"这个字和猫有什么关联。猫知道的是三餐有着落，所以就留下，根本是懒。

猫从来不会当人类是主人，也不会因此而报恩。这种思路还没有搞好之前，最好别乱来。

我为何不要求它们来做伴？是因为我有洁癖，不能忍受它们身上的味道罢了，就那么简单。

来家里玩玩是可以的，所以写了篇叫《爱猫人与猫情人》的文章，尽量给它们安居的家中享受不到的美食，看着它们懒洋洋地吃完睡去，离开，然后老死不相往来。

134

2022年12月30日　周五

看杨翱写他的智能家居，十分羡慕。他在短短十年时间，已买了两套房子，又生儿育女，目前和贤惠的太太享受天伦。

我的老巢没有这些新派玩意儿，天冷了就搬出油压机，这是一种最不会引起皮肤干燥的加热器，更冷一点，就搬出两个，开关完全是手动。

再冷就开火水炉，这是香港人叫法，用天然气，一点燃整屋温暖，还觉得冷，就多搬一个出来。没试过的人会以为危险，用过了就知道十分安全。

最后的御寒防线，有两张被子，一厚一薄，通常薄的已会热得令人冒汗。更严重一点，就再加一道防线：用全球最温暖的野生骆马（Vicuña）毛制成的内衣。

煲饭时先把五常米用水浸个二十分钟，闹钟一响，按下按钮，等它炊成。惯了，也不觉得有何不方便之处。

至于灯光，更不必靠智能控制，我喜欢把家中所有的灯都开了，才觉得光亮，卧室的灯更是亮到天光为止。

客厅的灯关了可节省能源吧？这些细节完全交给一个人处理，称为家政助理。

135

2022年12月31日　周六

圣诞节在传统上要吃火鸡，很少人提及到底是什么原因。

我并非教徒，觉得在东方圣诞节只是一项引人买礼物的商业活动，也从不去研究。

友人请客，吃日本烧烤鸡肉，大家点的都是鸡皮。有人笑谈，要用一只大火鸡来烧，才够我们吃。

原来圣诞节吃火鸡，是因为火鸡肉含有大量"色氨酸"，睡前摄取，有助安眠，所以别的肉不选，专吃火鸡，是有道理的。

色氨酸又是什么东西？回家一查，根据维基百科的解释，是人体不能合成的氨基酸，必须从食物中汲取。火鸡含有特别高量的色氨酸，其实奶制品和其他肉类也能提供，而火鸡倒霉罢了。

一般人对火鸡的印象并不好，觉得它的肉"柴"。我吃过冷冻的烟熏火鸡肉，其实不硬，而且十分润滑，香味十足，剩下的骨头煲汤，也美味。

136

2023年1月1日　周日

这本日记从2022年8月18日，我81岁生日那天记起，直到今天的2023年，也有几个月，一百来篇，可以出书了，也能赚几个钱。

我做过的事，都是积少成多；写过的书，也是那么一篇篇的文章累积而成；财富，来自一分分的储蓄，总之先耕耘，再问收成。

有时也不是用金钱来衡量，像微博是以粉丝来计算，过程之中，得到的友谊才是最重要的。

跟随我多年的网友，我都把他们升级为"护法"，像武侠小说人物一样，很是有趣，大家互相的关怀，在文字中感受得到。

比起微博的粉丝数字，我的优兔粉丝量少得可怜，但不要紧，一位位地争取，以各种形式来增加，我不会停下来。

怎么竞赛，时间还是会跑在我们的前面，但当回头一望，又有一种新的成就感。

这就是"恒心"真正的意义吧？

137

2023年1月2日　周一

新冠病毒爆发，至今三年，身边许多好友都已染上，连杨翱全家都不能幸免，像香港人说的已经"中招"。

好在他看得开，说反正迟早会中，不如了了这番心事。各人看法有异，我也抱着和杨翱一样的心态应对，但是如果能积极防御，也不妨为之。

我至今已打了第五针，生活在香港，有这么一个好处，就是能够选择打什么针。科兴与复必泰，我选择了后者。也不是做了什么研究，复必泰毕竟生产过非常可靠的"伟哥"，他们的药也不应该坏到哪里去。

针去哪里打呢？一般医院可能有人多混乱的情形发生，我到了被指定的"港怡医院"去打。一群穿绿色衣服的服务人员，安排得非常之好，态度又十分友善。我问说最后那种叫"二价"，是不是比"一价"差，大家都笑了。

排着队，一下子就轮到我，一针打下，也不痛，太好了。

138

2023年1月3日　周二

像拉面一样，最初的日本咖喱，是很难吃的。精益求精的态度下，他们把日本咖喱的质量提高，最后变成了"国食"。

最初的日本咖喱并非向印度学习，而是抄袭英国人的吃法。明治时期有许多留学生去了英国，夏目漱石也是其中之一。

一直没有学好，咖喱酱淡若水，香料也下得不够浓，但是仪式却抄得十足，叫了咖喱，侍者会捧上一大堆配料，包括葡萄干、干椰丝、酱菜等，当今你到帝国酒店的咖啡室去，还能体会这一切。

咖喱能这么受欢迎，都得拜小孩子所赐。他们吃厌了学校供应的午餐，对这种又甜又香的酱料很感兴趣，回到家里都要求父母做。

现存的有S&B（爱思必）产的"黄金咖喱"，一点也不辣。今天去超市看到有"李锦记咖喱"，想起韩国徒弟亚里巴巴，你知道韩国人最爱国的，但一看到这种有日本咖喱十倍辣的咖喱，即刻爱上，我也一见到就马上买给他，是做师父的一点心意。

139

2023年1月4日　周三

众多爱好者问我要字，两字、三字至四字的很容易构图，甚至一首七言绝句也好写，难的是一字书法。

写了多年，我把一个字的集中了一下，共有"悟""禅""乐""喜""渐""悦""佛""恕""孝""梦""胜""家""妙""趣""义""阅""茶""剑""爱"等。

还有"福""禄""寿"也可以分开成一字书法来写。

其中统计起来，最多人喜爱的还是那个"缘"字，好像一写，两个人就能见面，团聚在一起。

对了，别忘记一个"笑"。

再一次提醒各位，2023年农历年的挥春展兼迷你书法展将会在后天（阳历1月6日），在天地图书举行，我会在下午2点至4点，现场恭候大家。

140

2023年1月5日　周四

眨眼间，明天2023年1月6日就杀到，我的一年一度挥春展又要在天地图书举行了，借此专栏，提醒各位。

当天上午8点开始到下午8点，随时欢迎大家光临，我则只能从下午2点到4点在场，接着，1月7日、8日一连三天，皆在同时间等待。大家在这段时间内没空，则可在1月13日、14日和最后一天的15日（周日）光临。

除了挥春，也有各类书法展出，或应大家的要求，要写什么都行。

其实最值的应该是书斋名，香港住宅地方小，但总有一个自己最喜欢的固定地方来看书。所谓书斋，不过是一个角落，斋名可以互相商量后决定。

买不买不是问题，主要是想当面见见各位喜好者。

书法有价，可从各拍卖行看到它们的升值情况。我一向说挂幅字，总文雅过挂张或许会贬值的股票。

141

2023年1月6日　周五

和众友去吃饭，司机放假，汤美驾了一辆古典型的丰田车来接我，很有气派。

原来是天皇坐的那一款，在日本当地，售价为1990万日元，在香港买的话连进口税，大约为250万港币。

整辆车经过五层涂装及五次窑烧，每台都由几位老师傅手工研磨抛光三次，座位用百分百纯羊毛织布或顶级真皮包覆，其奢华度当然超过雷克萨斯LS车系。

这种车一定像香港人说的喝油如喝水吧？也不是，它有五升V8汽油引擎搭配电动马达的油电混合动力系统，这辆丰田世纪深受顶层消费者的喜爱。

在日本，选择这款车的不是超级富豪就是黑社会大佬，最厉害的是车子的避震器做得完善，坐了上去，全无颠簸的感觉。

不知各位有无注意到，香港的道路越来越坏，车在上面行驶已无从前的平稳，坐得很不舒服，已试过多款汽车，完全帮不到我，是否应该换一辆丰田世纪了？

哈哈，说说而已。

142

2023年1月7日　周六

一年一度的挥春展顺利开幕。

苏玉华和黄宇诗每年都来捧场，老友了，不卖，只送。

苏玉华选了"杠上自摸"，说用来送给喜欢打麻将的妈妈，阿诗则要"随心所欲"。

卓永兴认识已久，好人一个。他要"通济天下"，说"通"字就是通关，"通济天下"，说通关了，活门开了，大家高兴。

谷德昭导演选中"轻松自在"，都能表现自己的心情和爱好。钟伟民要求写新书书名"月照"，也写了。

自己的新书《蔡澜花花世界：香港美食篇》刚出版，众多读者要求签名，一一写上两句祝语及题姓名。

今年大幅的字卖得特别好，多位要了"掂""福""喜"，对联有"和顺一门有百福，平安二字值千金"等。

一位美女喜爱杯中物，要了"酒到病除"，也适合当今疫情；另一位喜欢"笑到最后"，亦代表我的心声。

展览会开幕之前，做了几个访问，有点疲倦，但是开心。

143

2023年1月8日　周日

书法展第二天，好友陆续来到，加上昨日，加起来最多人要写的，还是一个"掂"字。

"掂"，亦作"啲"，粤语读音为"dim6"，普通话则念"diān"，在广东话中有"得""满意""无问题""成功"等意思，外省人也已开始用。

最常见的是"搞掂"，表示办妥，单字使之，是"行"，挑了这个字，一切问题都能解决。

有些对联或句子，我自己并不常写，有沽名钓誉之嫌，但大家要求，也就不顾虑那么多。

像"飞雪连天射白鹿，笑书神侠倚碧鸳"，我也注明了"金庸先生集书名对联，蔡澜录之"。

会上要签名的更多。读者们拿出一些几十年前出版的书。我在页内加了"见故书与如遇老友"几个字。

也有些给我小小礼物，像其中一位送来"五百斤油"的墨，背上写着"徽歙曹素功监制"，也深得我心。

144

2023年1月9日　周一

书法挥春展到了第三天的周日，来客大排长龙，所有要求，我一一照写，新书也签名签到手软。

我那本《蔡澜花花世界：香港美食篇》大卖，都多得天地图书的责任编辑吴惠芬做文字上的整理，此书才能诞生。

阿芬我是从她小看到大的，她1985年入职天地，在天地工作已三十七年，本来一直跟随着老总刘文良先生，刘先生逝世后，一切工作就交给了她，对公司可以说是鞠躬尽瘁了。

在书法展期间，有读者拿了《老友写老友（下）》一书给我签名，说怎么样也找不到上册，阿芬解释已经绝版，要重印，需大笔经费，得到公司批准才行。

我在《纽约时报》得知，当今印书，不像从前一印数百册，因存仓花费已逐渐高昂，所以发明机器印一本或两本也行，书店里只摆数册，有人买才印，故与阿芬谈及此事，她说会尽量调查。

认为要是此事能行，对读者将会是个莫大的喜讯，对所有的作者都可得益，若此机器在能力范围做得到，我也想投资一部分，今后转行，当出版商去也。哈哈，想也开心。

145

2023年1月10日　周二

BBC的甜品大赛中，出现了一位中国女士的评审，戴蝴蝶形眼镜，有点龅牙，不知何方神圣。

最近这位女士又在脸书登场，教人烧菜。一看内容即知教授对象是洋人。先指导如何用筷子，节目名为《强化配方》。

查了一下，此姝名为Mandy Fu（曼迪·符），姓符的多为海南人，但无中文名，她在2021年成为优兔博主时，已有超过100万人点赞，不能小看。

她用的英语虽带口音，但发音标准，洋人都听得懂，教的菜色最简单不过，强调自己煮比叫外卖便宜得多，当今欧美的食材都大幅涨价，节目受欢迎，是能理解的。

她说用筷子可以打蛋、炒面、翻食材、夹炸的东西，甚至能用来剥果皮，需要时能当发夹，不可一日无此君。

做菜时，她多数是用几匙淡酱油代替盐，用浓酱油上色，还有蚝油，像筷子一样，也是不可一日无此君。

大家都知道，蚝油即味精，骗骗自己，骗别人而已。

146

2023年1月11日　周三

周二那天，循例到好友家中打台湾麻将。局后总叫些众人喜欢的外卖，大吃一番，同时聊些高级八卦，不可为人道者。

食物包括简便比萨，在跑马地的小拿坡里（Little Napoli HK）买。炸猪扒从IFC的日式吉列专门店购入，还有甘棠烧鹅的叉烧饭等。

近来迷上吃烤乳猪，问大家说来一只好不好，众人举手赞同，不过也要点其他，就去"正斗"。

乳猪先请"湾悦赏"的师傅烤好，在店里吃时，会替客人去掉皮下那层肥膏；买回家的话，我关照原只上好了，看了先"哇"的一声叫出，然后拿了西餐用的刀叉，自己想吃哪一块就切哪一块，猪腿也可以慢慢用手拔来啃。

当今是这家烤得最好，本周来了一群澳门好友，也到那边去吃，似乎是百食不厌了。

加上面条和蔬菜，吃得太饱，大家连八卦也不谈了。

147

2023年1月12日　周四

我看到韩国人力争上游，十分欢喜，我对这个国家的喜爱众人皆知。

友人开始买韩国电动车了，听说当今香港人人抢购，又是一个证明。

当到日本旅游时，看见电器店卖韩国产品，很是惊讶，本来他们是很抗拒的，也不得不卖。

在２０２０年１０月１４日，见有７５寸的ＬＧ电视，型号75UN8100PCA，售价29980元港币，即刻入手，在百老汇买的，证书上写明保修期三年至2023年10月14日。

日前看时，发现屏幕左上角有条黑色的直线，便请LG来看看，修理人员检查后，说是液晶体流出，是底层荧幕受损，拒绝修理。

因人为所致，所以不在保修之列，修理就要把整片屏幕换掉，费用是买新机的一半。

岂有此理，这电视买回来后，用遥控而已，其他地方碰也没碰过，哪里会是"人为所致"？

是不是LG为了要客人买新货，所以那么说？我那架旧的日本索尼，现在放在工人房用了十几年也没事呀！

148

2023年1月13日　周五

新年大家总是开始列各种清单，曾经写过一篇"死前必吃"清单，也时常被人提起。

最近看到了一部纪录片《下酒菜》，里面见到有清单里的老朋友"炭烧响螺"。看到画面，便想起以往吃螺配上XO的回忆。

喝什么酒配什么菜，各地风俗不同，个人喜好不一，大有学问。在这部纪录片里看到的一些搭配，真是奇妙，印象深刻的，是片中有一集，三五好友以牛头佐酒，非常豪迈。

喝酒的饮伴，多少不拘，重在以酒食佐交心。一起喝酒的人，往往决定了一餐的味道与气氛。

想起和倪匡兄一同喝酒，我们第一次见面，在我家用电饭煲温清酒喝。有二三好友不易，有话题聊，有酒喝，无事常相见，便是人们爱吃下酒菜的真意。老友相见，谈不完的往事，就是最好的佐料，足以让粗菜烈酒变得美味。

倪匡兄先走，在另一个星球应该也有了新的饮酒配额，结交到新的酒友，下酒有菜，又可痛饮了。

这个新年，希望大家和朋友多多见面，把酒言欢。

149

2023年1月14日　周六

　　看脸书，喜见老友陆离文章，已经越来越多人上此网，无他，不过为了一片自由自在的乐土。

　　香港报纸杂志，太多拘束，立场也偏激，不是陆离这类性情中人的园地，如何种植？

　　她从《中国众生周报》写起，又把最早期的花生漫画翻译推荐给读者，引起读者对英文的爱好，功不可没。

　　数十年来，我一直爱看她和她的先生石琪的文章，后来因为对他们发表文章所在的刊物失去兴趣而停止，真是可惜。

　　石琪的影评是香港人中写得最好的，内容温和而不尖锐，却能道出所有电影中的优点和毛病。

　　近来他们的消息，只能通过章国明发在脸书上的他们爬山的照片看到，虽然不见已久，但思念不断，思念不断。

　　老朋友这意思，就是这样的。

150

2023年1月15日　周日

西餐中的调味料，最原汁原味的只剩：一、辣酱油（Worcestershire sauce）；二、塔巴斯科辣酱（Tabasco）；三、美极酱油（Maggie sauce）罢了。

一、辣酱油，我们还叫它"伍斯特酱"，或"喼汁"，是一种英国黑醋，在中菜也被广泛使用，世界上最著名的辣酱油品牌是英国的"李派林"，于1838年发售至今，使用黑麦汁、白醋、蜂蜜、鳀鱼、罗望子等近三十种原料制成。

二、不讲英语也叫得出的Tabasco，这是西洋卖到全世界的辣椒酱，装入一个小瓶中，在美国艾弗里岛注册的商标，始于1868年，使用墨西哥致命小米椒为原料，再经发酵及加入白醋制成，做鸡尾酒血腥玛丽不能缺少。

三、美极酱油，大家以为是中国人发明，其实是瑞士制造。说是酱油，我不觉得它能和酱油搭上任何关系，而且味道极怪。大受洋人喜欢，是因为原料中有umami这个词，而umami是什么？各位知道，只是味精。

自此，天下的酱料，都非加味精不可了。

151

2023年1月16日　周一

人到晚年，记忆力不免退化，我是这样处理的：

一、想到即做，看到即做，别向自己说：等一等再讲。这一等，即忘记。

二、即便想到看到便做，有时做了这样，就忘记那样，这不要紧，藏在脑里，一定会再度想起。

三、拿本小册子记下，这是我从邵逸夫先生那里学到的，他的西装口袋中，总有一个皮制的硬板，可插上小纸，硬板中有支笔，担心忘记的事即刻记下，一回到办公室，就叫秘书记录或处理。

四、一定要感谢指正或提醒你的人，他们越努力，你越得益。

五、所有该做的事，做完一个，就把对应记录删掉，不然会越积越多。

六、身旁周围的废纸或垃圾马上清除，越干净越轻松。

七、一切以"恒心"对待。

八、记得养成了习惯，老年人，不比年轻人差。

152

说到番茄酱（ketchup），许多食物历史学家都将它神秘化和复杂化。

都说是中国人发明的，里面含有鳀鱼，自古以来皆有此酱。我有点怀疑，到底番茄是外来品种，不然怎么会加上"番"字?

相信洋人的印象来自鱼露，与此物无关，而番茄的种类最多的应该是意大利。ketchup则只是一种大众化又便宜的美国东西。

到了意大利，就能看到番茄酱的真面目，各户人家把熟透的番茄撒开在一张石桌上，压扁和日晒成酱，这应该是最正宗的了。

美国人把什么都大众化了，番茄打成糊，加大量砂糖，就发明了亨氏番茄酱（Heinz Tomato Ketchup），你吃到的只是甜味和酸味罢了。

因为西餐中的煎炸做法单调，就拼命下番茄酱，烧烤也用同样方法炮制，味道变成都差不多。

还是去意大利吧，他们做的拿波里意面加了番茄酱，一吃进口，就像在地中海尝到海鲜味道，久久不忘。有了意大利现熟现收成的番茄酱，再也不会去买ketchup，只能在意大利超市进货了。

153

2023年1月18日　周三

喜在脸书上看到陆离的几个表情符号回应，没有文字也不要紧，只要知道她已经看到我对他们夫妇的关怀就够了。

这是脸书最初创建的原意，让人与人之间，联系起来，简单、干脆、明了，没有那么多的商业成分在里面，的确是一个出色的平台。

记得我们初期的联系，多靠电话罢了。我每天要写专栏，遇到不懂时，就向他们请教。陆离一一指出，我对"花生"的人物译名的错误；谈起电影更得向石琪求证。大家在写作时，是认真的。

陆离点赞的是我那副"古人不见今时月，今月曾经照古人"。这副对联出自李白的《把酒问月·故人贾淳令予问之》中的一句，造语备极重复、错综、回环之美。

想起另一句辛弃疾的"不恨古人吾不见，恨古人不见吾狂耳"，口气之大，毫不遮掩，其他人说起来就不以为意，但这南宋诗人能文能武，带兵抗敌，又留下不少名句，也就让他狂去吧。

154

2023年1月19日　周四

不知不觉，就是农历新年了。

我们的生活简单，没有什么需要准备，世俗的一切与我无关。

今年将会是第三年在香港度过，也应该像前两年一样，平平凡凡，简简单单吧？反正我的生活每天都像在过年。

回想一下，挥春展圆满完成，来请字迹的朋友们越来越多，谢谢大家。连我自己都想不到，可以靠卖字赚钱的这一天。这都拜家母的教导：狡兔三窟，有了正业，再培养兴趣，随时转行。

壬寅这一年的最大成就，应该是在脸书上发表了日记，赚到更多的读者。这四五百字一篇的东西，看来容易，也花尽心思，总不能言之无物吧？

前几天收拾旧物，看到一个花盆，是用来种水仙的，好几年没种这种过年花了。我喜欢它的香气，更怀念送这个盆子给我的朱旭华先生。他在编《香港影画》时，最喜欢被有文采的小女生包围着，朱先生一位位指导她们怎么去访问明星，如何把他们的心声发掘出来。这些小女生包括了陆离、西西和亦舒。

155

2023年1月20日　周五

往年这个时期一定不在香港，去得最多的是日本温泉区，有众多的选择，我最喜欢的还是福井县的芦原芳泉旅馆。

一团人去，每一间房内必有私人风吕（此处意为温泉），才算公平。当然大浴场有好几个，不过随时浸泡还是最高享受。

旅馆好，要有美食配套才行，农历新年这个季节的"越前蟹"为日本最高级，不卖到其他县去，只能在这里吃。

先来道螃蟹刺身，那肥肥胖胖的蟹脚，开出花瓣般的纹路，最初我还以为是师傅的刀功，去多了才知道，只要在冰水中一浸，即有这种效果。

接着是各种做法，一人一只大的，吃个不停。牡丹应有绿叶陪衬，螃蟹的陪衬是"三国甜虾"，也是不出口的，一吃难忘。

去多了，和女大将混得很熟，不见面也常通信，她总是把最好最大的那间房留给我，我则坚持给好友们住。

推推让让，嘻嘻哈哈，又过了一年，要到明年才能成行吧？当今还是不稳定。

156

2023年1月21日　周六

明天就是大年初一了，我一年一度的微博开放，已经一个月，今晚12点整截止。

重看所有问题，总括起来，和往年一模一样：人生的焦虑呀；今后的方向如何走呀；年龄渐大了怎么办呀；考试不及格怎么办；被父母催婚怎么拒绝；薪水不涨，工作又闷，要不要换工作……

这些问题，重复又重复，每年如此，我可以很耐心地回答，但神仙也会闷吧。有时已经到了忍无可忍的地步，像被问怎么发财，这种情形之下不爆粗口也不行了。

求我夸几句、求我安慰考不上大学、求我介绍餐厅更是无聊，如果大家的想象力只能到达这个地步，那么，接下来不如由我出题。

明年的农历新年前一个月，问题之门照样打开，但只能问关于性的，这种题目少有人敢问，相信有大把网友感兴趣。

我不能说自己是专家，活了这么久，也有点经验，到时，放马过来，其他的就不答了。

157

2023年1月22日　周日

癸卯年大年初一，什么事都没做，什么事都不想做，只坐在书桌前发呆。

代表癸卯的是一只兔子，兔子呆难构图，画出来的卡通很少好看，除了华纳公司的那只兔八哥，露出两颗门牙，还是可爱的。想起我最喜欢的侄儿蔡宁，他也有点龅牙，小时候吃橙刨得最干净，只剩下白色的内囊，一点橙肉也不剩。

我们一家男丁，都干电影或电视这行，蔡宁学电脑，从小说他可以免了，怎知在美国长大的他，最后还是走进这一行。

做了多部好莱坞巨著的后期工作，像《蝙蝠侠》等，查片尾工作人员时，都有他的名字出现。

电脑后期制作，也分几百个部门，蔡宁到最后选了旧片修复这一门，变成专家，我认为他很聪明，走对了路。

影片修复已是一门艺术，可以相等于油画的修复。今后，所有巨著都会挂上这班子的领导者名字，日后必为争夺的对象。目前尚早，这项工程还没达到被人欣赏的地步。

158

2023年1月23日　周一

过年前，北京官也街的老板法兰奇和他太太玮玮来港，大家已经整整三年没见面了，到北京时，常让他请吃火锅，这次得好好吃餐特别的。

法兰奇抱着饱满的肚子回澳门，在船上发了一则短信，说我让他吃了邪恶的一餐。

这印象来自各种肥肉，但还有老师傅精心烹制的传统粤菜呢？而说到老广东料理，怎能没有汤呢？

那锅最平凡的"西洋菜煲陈肾"上桌前，伙计先捧出煲汤剩下的食材，我们叫"汤渣"的，堆积如山，真是以本伤人，大家先哇的一声叫了出来。

仔细一看，由几尾共一斤量的牛鳅鱼，半斤重的梭罗鱼，一斤猪踭，两对共四个干鸭肾，七斤西洋菜，继续煲煮一个半小时。

这时把西洋菜捞起，用搅拌机打碎，滤掉渣，再回锅去，以慢火炖出来。这么一来，西洋菜汤才够浓，当然还要放十二年以上的陈皮。

这汤喝了一碗再一碗，说是邪恶，喝个不停才是邪恶。

159

2023年1月24日　周二

这餐被好友法兰奇说为邪恶的菜是与他在"甘棠烧鹅"吃的，广东人和北方人不同，先喝汤肚子才不胀，反过来的话，太容易饱。

用西班牙肥猪风干，拼鹅肝肠，腊肉首选肥的部分，大家一块吃完以后又来一块，太好吃了。

接下来的"松子云雾肉"，承继李渔食单失传的"烟熏五花腩"做的，拿出来时，肥肉还一直在颤动，当然又是比瘦肉更美味的部分。

更上一层油，菜名叫"甘一刀叉烧"，选梅头肉，在长条的顶部分切一刀，烤成叉烧，是该店名菜。"金钱鸡"以古法烹制而成，一层肥肉、一层鸡肝、一层叉烧，以串烧形状烤成。

我叫菜时总觉一个汤不够，再来"昆布海草水牛皮大生熟地汤"，食材照样堆积如山，煲出黑漆漆的颜色来。

这个汤别说年轻人没喝过，连名也未闻，所有老火汤都有药用效果，此汤提供大量的碘质，可治"大颈泡"，我们则只求好喝就是，的确美味。

最后上"烟熏茶叶海中虾"和捞面，完美收场。

160

2023年1月25日　周三

过年还是继续谈吃较过瘾。

听说有一档"低温炸猪扒"登陆香港，怎可不试？

什么叫低温呢？如果是牛肉的话，生的少量吃没事，但是猪肉不行，生的会产生大量细菌，吃了会食物中毒！

传统的炸猪扒，一向是高温处理，直到一个叫水岛弘史的大厨改变这观念，他把生猪肉沾上一层薄粉后，先用冷油慢慢浸泡，同时逐渐把温度加高，经三两次，拿出再放回去炸成。

陪我去的是位专家，问该店的师傅说，最后一次也要用高温锁住油吧？对方知道高手来到，鞠躬称是，最后一次得把油温控制在180摄氏度才行。

外表看效果不像传统的棕色，而是发白，故也有"白色猪扒"之名。

午餐一份580港币，另有炸生蚝80港币和鳝鱼120港币，晚餐加至980港币。店名"低温炸白色猪扒·白樱"，地址：中环威灵顿街43号。

161

2023年1月26日　周四

过年前拍了一档饮食节目，对方指定以年夜饭为主，我是一个天天过年的人，又多年不与家人共聚，已忘记我们潮州人吃些什么。

在新加坡的话，餐厅里总会出现一道叫"捞起"的菜，源自潮州鱼生传统的做法，配料极多，有菜脯丝、芹菜、阳桃、青瓜、萝卜丝等。

鱼生则用草鱼或西刀鱼，自从河水受污染，多数人不敢用草鱼来片肉生吃，代之的是三文鱼之类他们认为安全的刺身。

节目拍完，我才想起小时候，在这几天定会吃种"拜年鱼"或"白肚鱼"的海鲜，产自马来西亚的沙捞越州，游至马来西亚，才到新加坡的红树林交配。精卵饱满，剖开肚子，鱼身有四分之一是鱼春或是白子。

而吃的主要就是这两种，鲜美无比，毫无腥气，吃过了一生不忘。常有人自称吃遍天下，我一问有没试过"拜年鱼"，这些所谓的专家也只有摇头，就像早期我问他们有没有吃过"忘不了"和"巴丁"鱼一样。

世界之大，没吃过的太多，试过懂得谦虚才叫吃过。

162

2023年1月27日　周五

看电视，主要的还是电影和电视剧集，除此之外，只有新闻。

和年轻歌手一样，有些年轻播音员都没有受过控制丹田的训练，所以讲解起来先吸气，口水一堆堆，像个痨病鬼。

当然资深之后，自己慢慢学会，刚入行时对观众是种听觉折磨，有些还一定犯错，习以为常。发觉这种情形在日本很少发生，商业电视也许一年有一两单，遇到NHK这个政府台，播音员讲错一个字，立刻开会，看是否能够更正，否则必炒鱿鱼。

香港的女主持幸福得很，今天错了明天再错，好像在吃萝卜青菜，她们本人当然有责任，但是管理阶层呢？怎么不自我检讨？当观众傻瓜吗？

老板呢？只看英文台吧？

163

2023年1月28日　周六

教人煮菜的，还有一个叫玛丽恩·格拉斯比（Marion Grasby）的混血儿，专攻泰国料理，这是理所当然的事，因为妈妈叫诺伊（Noi），是位泰菜名厨。

玛丽恩本来也可以成为专家的，什么不懂向母亲请教即刻做得出，但她并没有这么做，尽量做一些简单的，大家很容易学。

还学不会吗？不要紧，买她大量生产的酱料就行了，任何食材加上一两包，放进锅中兜两下，即刻完成。

这条路走对了，玛丽恩长得胖嘟嘟的，又不太过肥胖，戴副长方形眼镜，很得西洋观众喜欢，她出的料理书，也是选简易的，主要用来推销自己的产品。

她靠参加《厨艺大师》打出名堂，但并没胜出，不要紧，只要懂得对镜头傻笑就行。

美国观众多数是胖的，看她拼命做菜拼命吃，也没像他们那么肥大，即刻接受，目前她的产品卖到美国的各个超市，身价已有七百万美金。

命好也有关系吧？

164

2023年1月29日　周日

　　并不是每个人对味道都感到好奇，说他们不会吃，是不公平的，他们只是不想变更吃惯了的食物而已。

　　近年来我也有越吃越简单的趋向，容易对新味道失去兴趣，不想试了。举个例子，吃过了多家新派韩国料理，只觉得首尔的新罗酒店顶楼那家较为突出，其他的均感失望。听到有新开的，也不想去了。

　　例外的还有在M+博物馆中的韩国菜，味道不错，但只有一道野生鲍鱼炮制得软熟，其他菜一点印象也留不下。

　　除非有信得过的友人推荐，不然我还是更爱吃传统韩菜。

　　金庸先生也是一位只喜欢习惯味道的人，以江浙菜为主，偶尔吃点牛扒，或来一两个手握寿司，其他的不碰。

　　一起旅行时，他知道我爱尝新东西，拼命迁就我，看到什么黎巴嫩羊肉刺身，或者印度的咖喱羊骨髓，只是皱皱眉头。当今想起，真是难为了他。

165

2023年1月30日　周一

有些花，要多了才好看。

像一树林的樱花，几万亩的向日葵，像满地都是的薰衣草和一望无际的黄色油菜花。

所有的蔬菜之中，我最爱的就是这种日本人称为"菜之华"（nanohana）的植物。通常他们是用来插花的，但我喜欢的是它独特的苦味。

屈指一算，应该是菜之华的季节，市面上为什么还看不到？想念它的味道，想念到舌头越伸越长。

先到专运日本食材来港的Oisix（爱宜食现时宅配超市），被告知要等至2月，虽然即刻来临，但有没有更快的？问city's super，听说有货，一早即刻驱车前往。不见，说飞机晚点，下午再去，还没有送到。翌日早上又看了一看，原来货运机因跑道冻结飞不起。再苦苦等了另一天，还是没有，放弃等待。好在同事知此事，查了一下，知道已经来了，替我买了6盒，每盒120克，要卖66块港币，应该是世上最贵的蔬菜之一。

到手后即刻用滚水烫，此菜与我们的菜心不同，一煮就烂，苦味尽失，只能淋一淋。终于吃到，把那6盒全部吞下，饱饱，想不到吃菜也会饱。

166

2023年1月31日　周二

在city's super买的菜之华，产自福冈县系岛，那边有火山，天气也较热，首先在那里开花。

日本人讲究"初物"，农产品经过一年，特别想念，特别珍贵，所以最上等的怀石料里，都会采用初物。

菜之华本身很苦，日本人把它变种了又变种，个性没有从前那么强，尤其是福冈长的。真正好吃的菜之华，产于千叶县。把菜之华束成四方形，盛产时，一束约30日元左右，约等于两块港币。当今，日本百货价钱飞涨，但最多应该也只会卖到七八块港币，一束300克的。

等便宜可买来试试，煮即食面时放在碗底，不用滚，热汤浇之即可。

日本人的吃法是混了芝麻酱，或用柴鱼汁煮熟，京都人用盐水浸成渍物，做法并不多。

我们只要当成菜心来炮制就是，千变万化，就那么用沙茶酱来炒牛肉是其中之一。

那种味道，试过了，包你吃了上瘾。

167

2023年2月1日　周三

好几天没出门，今早去买菜，顺便外食。

去哪里好呢？想了半天，还是决定再去九龙城的"创发"。

我到这家餐厅很少叫菜，一进门就看到的鱼饭，现成的煮炒和甜品，随便一指一点就行，不伤脑筋。

除非请客，很少叫鱼翅、冻蟹、蒸鱼等较贵的菜。一般的已满足，像咸菜猪肚汤，一试过就知与别的不同，那是要用大量的食材，一大锅煲出来才有的味道，在家里是绝对煮不出来的。

马友鱼是该餐厅的特色，大的切成一圈一圈煎出来，香味扑鼻；小尾的就用咸水汤烫熟，放凉后吃，全身是油，肥美二字不足形容。

还有那饭后的甜品，芋泥上面铺着南瓜和白果，一定用猪油熬出来才香，喜欢吃甜的人可以来个几碗。

我最爱的一道菜是炸豆腐，一定要用以豆酱出名的普宁运来的食材。潮州菜每一碟都有一种独特的酱料，配炸豆腐很出奇，把韭菜切成小段，浸在盐水之中，吃时把整块豆腐挤碎，那种香味，一吃难忘。

168

2023年2月2日　周四

外面吃开了，就不想在家里煮。胃口不振，还是吃点刺激性的较佳。想起和"创发"同一区的"清真牛肉馆"。

本来在龙岗道营业，当今搬到附近的打鼓岭道，只此一家。数十年来生意滔滔，卖得最多的，是他们的牛肉饼。

真的是一挤，汁就喷出来。香港最美味的牛肉饼，只有在那里才吃得到。现食最佳，打包回家，翌日煎它一煎，当早餐。豪华一点，加碗咖喱羊肉，用的是小羊的排骨，软嫩无比。

从前的大厨来自上海，这家人的粗炒也好吃，没有什么配料，但肉汁浸入其中，用的是名副其实的粗面，当今已少见。

这里的赛螃蟹也做得不错，许多客人都爱吃，还有羊肉小笼包、牛肉水饺等。

已经在国外也打响了"清真食府"这个名堂，午餐、晚餐时间店里都挤得满满的，可以见到印度、巴基斯坦食客，各国伊斯兰教徒旅客也闻名而来，已成香港地标了。

地址：九龙城打鼓岭道33号。

169

2023年2月3日　周五

在香港，什么水果都能找到，较罕见的是"椰枣"。

取这个中文名字，原因是它长在枣椰树上，像椰子长在椰子树上，小粒而已。

新鲜的椰枣又爽又脆，一口咬下，蜜汁流出，好吃得不得了。它不只甜，所含的糖几乎都是单纯的果糖，易于消化，糖尿病患者至少有这种水果可以一尝其味，放心食用。

晒干后装在精美的盒中，卖得甚贵，停留在阿拉伯国家转机时，商店中都有大把盒装可选，当然是最肥大、最不干瘪的最好。

但价钱并不便宜，入住迪拜旅馆，侍者第一件事就是捧一大盘干椰枣送你，接着三十分钟或一小时，又送来一回，求小费而已，但令人十分厌烦。

在香港看到的，多数是新疆蜜枣，个头也大，但比较起来，椰枣还要甜十倍以上，去新加坡或吉隆坡旅行时，不妨到高级超市找找，试过之后才知虽贵，但物有所值。

170

2023年2月4日　周六

人家问我："什么是人生？"

"吃吃喝喝。"我总是那么回答。

其实吃多了，喝久了，懂得一些，明白一点，比较一下，就知高低，不知道的就问，学问、问学，就这么产生了。

如果单单是吃吃喝喝的话，那么不叫人生，那叫猪生。

一面学习，一面享受，多快乐呀。

学到的是，虽然吃，但要适量地吃，不然一定吃出毛病来。学到的是，虽然喝，但最好浅尝，不然酗酒，一定中毒。

道理就那么简单。

妈妈关于"狡兔三窟"的教诲，是除了正职之外，培养一些兴趣，有了兴趣，多加研究，成为专家，像吃吃喝喝一样，变成求生本事。这种本事一多，人就不怕老。不怕老，是人生的第一课。

日子过得一天比一天快乐，是第二课。

至于第三课，是不怕痛。生理的痛，可以大吞药丸；思想的痛，不想就没事。这是倪匡先生的金玉良言，切记、切记！

171

2023年2月5日　周日

不懂就问就学的学问，在人生最为重要。

当今有了手机，一查就出，这是你问的结果，这是你的财富。

好在我从小就喜欢问，先问吃，再问喝，后问快乐。

把空余的时间，用来问你不懂的事和物，是最过瘾的了。

司机辞工，好友汤米帮我几天，他本身是一位赛车手，对摩托车和汽车很有研究。汽车是我最弱的一环，一点兴趣也没有，但有那么一个专家在旁，不问白不问。

这些日子以来，我问了美国车、德国车和日本车的分别，燃油车或电动车的好坏，什么车子坐了最舒服，等等。成了百分之一的专家。这些知识都已经是我的了，别人拿不掉。遇到喜欢车子的女人，也可以与她大谈一番。

我喜欢发问的习惯，令我和友人在日本百货公司购物时，利用空档跑到香水部门这种试那种闻，在短期间内也成为百分之一的专家。相信我，日后很好用的。

172

2023年2月6日　周一

笑

近来勤练的书法，内题常含有"笑"字，如林语堂的句子："人生在世，还不是有时笑笑人家，有时给人家笑笑。"

脸上一直挂着笑，不是白痴吗?

笑有很多种，怎么坏也不会坏过哭。最讨厌的只有奸笑。

脸上挂着笑，对方总有好感。笑可以笑得高贵，一过火了就变成淫笑，女人看到了即刻逃避，没好处。

年轻时，总不屑笑，觉得这是老土，还是做忧郁状较受欢迎，再不然就来个愤怒状，但一长大，发现人生已够苦，这是没用的。

家庭的压力已把你变成不会笑的人，只有躲在工作以外的游戏中，或养鸟，甚至把沟渠中的浮萍捞回家中，看它长大，就笑了出来。

一有欢乐，就会进行更深一层的研究，以为自己是专家时，才看到书中早已有人写过，而且是几百年前的事。这时候你就笑不出来，只有去找别的东西让你笑了。

173

2023年2月7日　周二

砂糖橘

从前的砂糖橘，名副其实，外貌虽然又丑又小，但吃进嘴里，真像塞一把砂糖在口中。

后来奸农为了微小的利润，把"拜年橘"的种混了进去，"拜年橘"又大又美，但酸得像一口醋，真是他妈的王八蛋。

吃过多年的混种货，已失去信心，但一见到，又难免再次上当，因为以往的回忆太甜美了。问果商："甜吗？"他们当然点头，被骗得多了，便先试再买。

相熟的送一粒吃吃看，第一次买的给你脸色，我经常花钱先买一磅[1]，不行就停止。

只有在这一两年，甜一点的砂糖橘再次出现，当今的慢慢改良，已有过往的一半甜度，但又是为了微小的利润，掺了一些酸的。

我的方法是吃到酸的即扔掉，反正已越来越便宜，甜的留下，以此类推，到最后剩下的，依甜度吃完。

当今在贵的水果店卖15块港币一磅，北角便宜的20块3磅，酸的扔了也不可惜，可惜的是，已近尾声。

1　英美制质量单位。1磅合0.4536千克。——编者注

174

2023年2月8日　周三

萨古鲁名言（上）

萨古鲁并非一个神学家，他是一个印度的哲学者。浅白的道理，换一个东方的角度来看，令许多外国人折服。名言如下：

一、你认为上帝一定是好的，那谁是坏的呢？坏的跑到哪里去，从何处来？如果上帝没有创造邪恶，是谁造出来的呢？那么一定是魔鬼创造了邪恶。这么一来，上帝和魔鬼是拍档了，因为两者是都存在的。

二、这世上没有绝对的好人和绝对的坏人，人们通常在两者之间跳来跳去，但是绝对有智者，或者笨蛋。

三、自觉是发现自己有多愚蠢。一切都摆在你的眼前，只是你没有看到罢了。

四、过去伤害不了你，未来也伤害不了你，伤害你的是你的记忆，伤害你的是你的幻想。

五、如果你想超越自己，你需要有一颗发了狂的心和清醒的脑筋。

六、传统并非重复，它是利用上一代的智慧，去创造新的可能性。

175

2023年2月9日　周四

萨古鲁名言（下）

七、为什么有些人令你厌恶？那是因为他们没按照你的想象去做。

八、小孩子不会听你的话，他们会观察着你。

九、改变想法容易过改变世界，改变想法才会逐渐改变世界。

十、如果别人认为你聪明，这很好呀，如果你认为自己聪明，这代表你很笨。

十一、祷告是你想命令上帝做些什么，还是冥想比较好，冥想令你知道自己的界限，然后闭嘴吧。

十二、最难的使命是要让大家都高兴，最容易的是和大家一块高兴。

十三、人生像一颗种子，你可以让它就那么放着，或者你可以让它长成一棵树，开花和结果。

十四、不愉快的事发生了，你应该变得更聪明，你不应该受到伤害。

十五、女人比男人弱小，是荒唐的看法。男人都是女人生的，她们怎么弱小？

　时间，是绝对的妙药

176

"捞起"

过年时，东南亚华人都吃"捞起"。捞，拌的意思。"捞起"取自"捞得风生水起"，大家都以为一吃就成为暴发户。

当今各餐厅都有这个菜色，而且卖得很贵，看其内容，不过是胡萝卜丝、炸花生碎、生菜、西芹丝、酸梅膏、橘子汁等，加上这些，"捞起"的颜色变得五彩缤纷。

最贵的食材是鱼生，以前用的是淡水草鱼，后来说有虫不敢吃，都改成三文鱼刺身，哪知虫更多。

其实用深水的西刀鱼是很美味的，但产量已少，很难找到，代之的是日本鱼生鰤鱼、鲭鱼、竹荚鱼。

最受欢迎的是油甘鱼，未满70厘米时叫青"鱼甘"，大了叫红"鱼甘"，日文称之为"间八"了，因为两腮之间看来有个"八"字。

因为食材贵，我们的"捞起"中油甘鱼用得极少，吃起来甚不过瘾，要吃的话，最好去日本的中华料理店，他们也受了影响，大吃"捞起"，所用的鱼肉又厚又多，让人吃得非常之痛快，除此之外，不做暴发户也无妨了。

177

2023年2月11日　周六

鲍

当今海味市场上的广告，卖得最多的是鲍鱼了。

什么日本鲍、南非鲍、澳洲鲍、韩国鲍、中国鲍，养殖的居多，野生的应该不到全球供应的百分之一吧？

鲍、参、肚、翅，行头的鲍鱼已不值钱，每个餐厅都做。到食物展览会，首先看到的是一元一只鲍，大家抢购。

香港人天真得要命，一元一只的招徕妙计，已经流行数十年，还有人相信。

便宜无好货，老祖宗一早教导我们，唉，几千年来，还是听不进去的。

吃进嘴里，一般的鲍鱼都像咬嚼汽车轮胎，不只一点味道也没有，看牙医费用还要比鲍鱼高出许多来。

但是，照吃呀，照买呀。罐头也有，从1000多港币降价到100多港币。

还是喜欢从前的车轮鲍，最近又买了一罐全市最贵的来吃。咦，怎么不香？看样子，我吃鲍鱼的配额已满。

178

2023年2月12日　周日

重播

妈妈一发言，皆旧事，一次又一次。

姐姐与我都在一旁偷笑："又重播了。"

年纪一大，难免的事。我现在已达家母当年的阶段，老毛病都会发生在自己身上了。

听的人一定会厌烦，我很清楚地知道，但碍于记忆力的衰退，又不知不觉地重播起来。

努力地改正，和别人交谈时，想讲什么之前，都先检讨。不能肯定时，就问道："我有没有告诉过你这一件事？"

对方摇头，我才继续讲下去，但这并不代表我不是在重播，他们只是客气而已，即使听过，也假装没有。

久了，我可以从他们的目光观察出到底是不是在重播，记得最好，如果忘记了，也只有请大家原谅。

写文章也是一样会重播的，下笔之前，绞尽脑汁不重犯，发现最好的预防，就是不作声，这也是我越写越少的原因，别无他法了。

179

写作人

作为一个写作人，我只是半路出家。

很羡慕那些说话滔滔不绝的，他们才有条件写作，讲得出就写得出，一下笔长篇大论，这是我做不到的。

在邵氏公司任职时，还遇见过一位来自台湾的同事，他不但可以和我谈论半天，有时还能自言自语，真厉害。

我从小寡言少语，因为我觉得言中无物最没趣，也造成我的木讷个性。进入社会，这种行为不受欢迎，才拼命改正。

努力之下，我的话才多了几句，结果还能上电视做清谈节目，但也得有其他两个好友的配搭才敢做。比较之下，我的话还是最少，故经常自嘲：反正酬劳一样，为什么要说那么多？

写作也是努力后变成习惯，篇幅够了，出版第一本书，再下来就是第二、第三、第四本。当今自己到底出版多少本，也记不清楚。别人以为我对文化有使命感，但我自己看到的，只是花花绿绿的钞票而已，惭愧。

180

2023年2月14日　周二

天赋

不能否认，我在某方面是有点天赋。

我很幸运，父母的遗传让我得到独特的嗅觉，对食物十分敏感。

举个例子，像我们几个好友昨晚去吃饭，上了一条马友鱼，用花雕蒸了出来，我吃了一口，就闻到一股防腐剂的味道，经我那么一提，大家也感觉到了。

当今的海产多数是冷冻的，"冷冻"的意思是放在冰格中，已经僵硬，另一种是"冰鲜"低温处理，事前都得浸一浸防腐剂，这点我分辨得出。

我的所谓才华，是比较出来的结果。我并不懂得吃，我只会比较。和邻店比较，和邻县邻省比较，再到外国去比较。

我下了很多功夫、花费很多金钱后写出来，大家认为有点道理，就相信了我的话，所以写吃的方面受欢迎。但是如果我不勤力写，那就只有几位好朋友知道而已。

一切还是靠努力，天赋是没用的。

181

2023年2月15日　周三

迪士尼乐园

看杨翱兄带一家大小游迪士尼乐园的文章，想起我也到过数次。

一回是和两个小侄子去佛罗里达的迪士尼乐园，游乐园里不外是过山车和鬼屋，现代化罢了，我从小在游乐园长大，不觉新鲜。

更不喜欢的是米老鼠的女朋友，她穿了一双过大的鞋子，像运动鞋。上小学时坐校车，没有冷气，雨天，窗口紧闭。有人脱了鞋，臭气冲天，印象更坏。

后来因公务重游，东京的迪士尼乐园原来可以卖酒，是供应我们这些所谓高层人士喝的；巴黎的迪士尼乐园公开卖啤酒，世界唯一。

觉得好玩的是看了一场立体电影，把观众缩小，也把他们放大，忽然出现一只狗，打了一个喷嚏，特别效果是工作人员从银幕射出水来，弄得我一身湿，感觉很脏。

不喜欢迪士尼动画，大家都说这代表了失去童真，我的确已经失去欣赏西方动画的童真，幸好能保留看水墨动画的童真，喜欢看水墨牧童坐在水牛背上吹笛，以及丰子恺先生的所有作品，已满足，不必看迪士尼。

2023年2月16日　周四

采访

记者做采访，我都乐意接受，但是有时候是一种不愉快的经验，因为他们对我一点认识也没有，事前也不肯做功课。

问："很多人喜欢去日本，但是去了之后又觉得失望，你是否有相同的经验？如果有，请你详细说经验来听听。你对日本熟不熟悉？"

答："第一，我在日本住了八年，请问你，我应不应该对日本很熟悉？第二，如果你看过我的书，你就会知道，我去任何地方之前，一定做好资料搜索，我不会失望或过度期待。第三，每一个人的经验都不同，不能一概而论。"

问："请你举出你喜欢的十部电影，并分析每一个导演的不同手法。你反对商业性的电影吗？电影是不是应该为人民服务的？"

答："看过我的书的人都知道，我认为艺术性电影和商业性电影可以并存。是不是应该为人民服务，这牵涉政治问题，凡是对我有一点点认识的人，都知道我不谈政治，只讲风月，而且照你的请求，我可以写成一本书了，恕不回答。"

183

2023年2月17日　周五

借用

好友Kai Cheung传来，借用一下：

Q：医生，我听说运动可以延长生命。这是真的吗？

A：不要把时间浪费在运动上。一切终将枯竭。加速心脏跳动不会让你活得更久，就像开快车并不能延长汽车寿命一样。想活得更久吗？睡午觉吧！

Q：是否应该减少酒精摄入量？

A：哦，不。葡萄酒、白兰地都由水果酿造或蒸馏，啤酒则由谷物制成。

Q：油炸食物不好吧？

A：用植物油炒炸的食物有什么不好？

Q：巧克力对我有害吗？

A：嘿，嘿，嘿！可可豆！

Q：游泳对保持身材有好处吗？

A：如果游泳对保持身材有好处，给我解释鲸鱼的体形。

Q：塑造体形重要吗？

A：嘿！"圆"也是一种形状！

我希望这能消除你对食物和饮食的误解。

最后，日本医生总结道："先生，人生不该是一次入土为安的旅程，而应是侧身滑行——一手拿啤酒，一手拿巧克力——身体完全用完了，精疲力竭，尖叫着'我的生活真精彩！'。"

随便吃你喜欢吃的东西，因为你怎样都会死，不要让运动机推销者欺骗你。

跑步机的发明者逝世，享年54岁。

体操动作托马斯全旋的发明者逝世，享年64岁。

"健美皇后"逝世，享年41岁。

世界上最优秀的足球运动员马拉多纳逝世，享年60岁。

但是肯德基的创始人逝世，享年90岁；Nutella（能多益，最著名的产品为榛子酱）的品牌创始人逝世，享年90岁。

想象一下，香烟制造商温斯顿逝世，享年102岁；鸦片发明者在地震中去世，享年116岁。

这些人是如何得出运动延长寿命的结论的？

兔子总是跳来跳去，但它只活了2年，乌龟根本不运动，却活了400年。

所以，休息一下，冷静，保持冷静，吃喝玩乐，享受你的生活。你还是会死的。

分享给需要欢笑的朋友。

184

2023年2月18日　周六

Sukiyaki

今天，偶然，有人提起*Sukiyaki*这首歌，就不知不觉地哼了起来，试译歌词如下：

仰天望，向前走，别流泪，想起春天，一个人孤单的夜晚。

仰天望，向前走，数着布满了星星的天空，想念夏天，一个人孤单的夜晚。

幸福在云上，幸福在太空。

仰天望，向前走，别让眼泪沾满衣襟，边走边哭，一个人孤单的夜晚。

想念秋天，一个人孤单的夜晚，悲伤在星星的背后。悲伤在月亮的背后。

仰天望，向前走，别让眼泪沾满衣襟，边走边哭，一个人孤单的夜晚，一个人孤单的夜晚。

结果在美国的流行曲榜上大红大紫，美国的唱片商为了让听众记得，改了一个完全无关的*Sukiyaki*为题。

对于日本，此曲有深远的意义，二战后的日裔被关在美国的集中营，在敌人的眼中，他们永远是邪恶的，直到*Sukiyaki*的出现，他们才抬得起头来。

也应该为它正名了吧《仰天望，向前走》。

185

2023年2月19日　周日

电影制片人（上）

数十年前我写过一篇文章，介绍一种古老的游戏，叫《电影制片人》，今天无聊，打电动麻将游戏，又觉得自己低级，就搬出这老玩意儿来。

怎么玩呢？重播一下。

原理是根据《大富翁》演变出来的，你会玩它，自然懂得怎么当电影制片人。

要成为一个成功的制片人，你需要以下条件：一、一个好剧本；二、一个好导演；三、一个出名的男主角；四、一个出名的女主角；五、一个好的制作队伍。

游戏板上，放两组卡片：一组制作卡，另一组包括了发行卡、外景卡、慈善放映卡。

玩者选出一位当银行家，他会给每一个人七十五万英镑，因为这个游戏在1968年由英国人发明，所以用的钱以英镑计算。

每个玩者分到一个各种色彩的摄影机，两颗骰子扔出去，摄影机就会往前走。

另有六个奥斯卡，如果幸运，踏上奥斯卡的格子，便会加分。好，你可以开始玩了。

186

2023年2月20日　周一

电影制片人（下）

目的是制作一部卖座的电影，当然有剧本、导演、明星、制作组的组合，拍出的"史诗巨作"最赚钱，但你不一定有那么幸运。

求其次，你可以拍历史剧、喜剧、歌舞剧、西部片和恐怖片。

恐怖片最容易拍，拍多几部来赚钱，用来买其他种类的戏。有时也"刀仔锯大树"，凭借恐怖片得到奥斯卡，身价即刻提高。

当然，略懂得电影的人都知道，剧本和导演最重要。如果得到了，千万不可放手，这组合让你拍任何种类的电影都有机会胜出。

在你追求好导演和剧本的过程中，你也许会失去一切。这时你可能得奥斯卡，还有机会从"赞助慈善演出"的卡中得到现款，让你起死回生。

游戏还有许多转折、变化、陷阱，像人生一样。有时不得不出卖一个好导演，来完成一部恐怖片，这是需要运气和脑筋的，而且越玩越深奥。

怎么说也好，比电子游戏高级。

187

2023年2月21日　周二

管家的日子（上）

管家把他的新产品带来香港，大家研究包装设计，他就是那么一个一丝不苟的人。

我们的合作是愉快的，我从来不给他压力，一件产品，来来去去，花个两三年，随他。

从哪里认识他呢？当然是面了。他做的龙须面那么细，煮个三四十秒就能吃，比方便面更方便，烫久了也不会断掉，而且面味十足。

上门求他做湿面的，不乏其人，我向他说我可没工夫整天去买，不如做点干的吧。

干面条从此产生，当今他又研发有关面条的周边调味料，像"牡蛎酱油"等。比较之下，他认为日本生产的品质可靠，就跑去研究个老半天。

继之的是"柚子唐辛子""胡麻辣油粉""芝麻酱"等，都可以下面时撒上。

管家本名不姓管，年少时参加俱乐部，教人游泳，领导有方，大小事都处理得好，众人都谑称他为"管家"。做起面厂来就想到用管家为名，但得不到注册专利，"管家的日子"，由此而来。

188

2023年2月22日　周三

管家的日子（中）

我问管家："看了苏蕾为你拍的纪录片，你在开始产面时，用的是家庭制面器，也没下碱水，怎么做得那么好吃？"

管家回答："我从小喜欢吃面，家里只有妈妈和姐姐会做，爸爸就不懂得做，我凭记忆从头做起。"

"老师傅做面和半路出家有什么不同？"

"传统总是应该保留的，但他们有一定的规则，半路出家的好处是没有了束缚，按照自己喜欢的分量，边学边做，过程经两次的发酵，得到理想的硬度。"

"那怎么会做到大量地卖呢？"

"有几位食家试过，认为好吃，又有了淘宝上架，大家听闻之下，越卖越多。"

"那得找一家厂去做了？"

"对，起初他们说分量太少，不能加工。我只有说晚上等他们休息时来做，结果他们答应了，销路口碑逐渐增加，到最后有一做一吨的分量，他们才点头，白天也做。"

189

2023年2月23日　周四

管家的日子（下）

"我第一次吃到你的湿面，是北京的洪亮送给我试的。"

"对，他一买就是20千克。"管家说。

"洪亮拿到官也街火锅店，与老板法兰奇和面痴友人卢健生一起吃，大家都说好。那么多人喜欢，为什么不做两吨、三吨、四吨？"

"做多了水准就会参差不齐，到现在还是维持每次只卖一吨。中间还有许多人要来投资，我认为这么一做，就不能完全靠自己的意思，所以开始考虑到你说出的主意，卖干面条。"

"为什么要试那么多次才生产得出？"

"尽量把干面做到接近湿湿的口感和韧度呀，不容易的。"

"香港的云吞面你都试过了？"

"你介绍的我都去了。我认为用竹升制面的方法有它的长处，但不是决定性的因素。各家麦奀记都去了，还有他们的分支，你喜欢的'忠记'，躲在永吉街的巷子里的最好。"

190

2023年2月24日　周五

蝴蝶梦

吉隆坡的好友蔡伟雳，在微信上传来讯息，问我什么时候去走一趟。

正想回复，又因其他事放下，接二连三地繁忙，眼皮渐重，回到卧室，倒头就睡。

梦中，我已到达，还是入住蔡小姐为我安排的丽思卡尔顿酒店的公寓。一共有三间房，一个大厅，一个厨房。友好同行时可住其中一间大房，助手在小房下榻，各自做完事后，就在客厅闲聊兼吃吃消夜。

翌日一早，按例散步到附近的"永兴城茶餐室"，我不喝咖啡，老板已知习惯，泡了一杯很浓的红茶给我，熟悉的带着古典图案的茶杯和碟子，是咖啡厂免费赠送给店里用的，看起来格外亲切。

跟着便是半生熟蛋，烫得硬一点，滴特浓黑酱油和撒特辣胡椒粉，只吃蛋白，蛋黄弃之。

"阿弟炒粿条"的招牌是我写的，他家炒粿条的味道不逊槟城炒粿条，血蚶下得多两三倍。

马来档口叫的"辣死你妈"上桌，这碟饭不管叫多少餸，主角还是辣椒酱，越多越好，辣到大叫时，醒来，又梦到蝴蝶，蝴蝶又做梦。

191

2023年2月25日　周六

继蝴蝶梦

继续蝴蝶梦。梦到去"金莲记"吃福建炒面，吃河鱼。

除了过誉的"忘不了"之外，所有马来西亚的野生河鱼都十分美味，而且懂得欣赏的人不多。

从价廉物美的巴丁鱼到皇帝鱼，以及各种可以放进水族馆的色彩缤纷的不知名鱼，只要肥美，都好吃。

另外，梦到的是马来人做的菜，"亚洲美食频道"有多种介绍，其中一位叫庄文杰的主持人，到过各乡下的小食店，单单菜色，已有一百多种，我都想尝试一下。

还有做给皇室的甜品，也有数百种，令人垂涎。

像加影的沙嗲，还保留着马来风味，虽然众多老饕说已经变了味，但找友人介绍，还是有好的。

目前只有在吉兰丹和丁加奴等乡下找，也许当地人说已经变味，但我们这些初尝的，还是觉得不错。就像很多人去新加坡，吃到那种有其形而无其味的，也大叫"好嘢"（好东西）一样。

192

追梦

　　看旧照，出现了新加坡我最喜欢的小吃店，名叫Glory，这家小吃店于今年结业，撰文怀念一番。

　　店门口摆着各式各样的马来小吃，往里面一看，当然有"辣死你妈"早餐、香蕉粿和甜品。

　　其中有斑斓汁皮包着的小丸子，外层沾满椰丝，放进口中一咬，椰糖浆爆开，是我小时的最爱，另有用鸡蛋壳注入啫喱的，也喜欢。

　　接着是各种咖喱，鱼头、鸡、鱿鱼和虾，当然也有只煮蔬菜或鸡蛋的素咖喱。

　　最好吃的莫过于马来泡菜了，这等于韩国的"辛奇"，不可一日无此君，马来版的泡菜酸甜又辣，让人百食不厌。

　　又有一薄饼档，显然受福建的影响，不过以马来食材代之。

　　椰叶包着鱼浆后烤得略焦的otak-otak（乌达，一种娘惹小吃）也很精彩，喜欢的还有炸豆腐，胜在花生酱和小米椒放得极多，也辣死人。受泰国影响的有mee siam（马来炒米粉），别的店里吃不到更好的。

　　只有去马来西亚找了。

193

2023年2月27日　周一

圣人的烦恼

在湿婆节（Maha Shivaratvi），萨古鲁于舞台上不停地跳舞，他长着整齐的白色胡子，穿着豪华的衣着，给大家一个已经很老的印象。

其实他到底有多少岁了？

他在1957年出生，不过是66岁罢了。

他全名叫萨古鲁·加吉·瓦殊戴夫（Sadhguru Jaggi Vasudev），以一个智者的身份到世界各国演讲，回答了很多西方人无法解释的问题。

最被西方人接受的是他的名言："如果你本身的思想得不到和平，你根本不必想去创造世界和平了。"

根据一项调查，在2021年他的身家已有2500万美金。

长袖善舞的他建立了许多基金会，又教人瑜伽和冥想，保护大象，以及出席各种慈善活动，得到广大人民的支持。

但是他的太太神秘地死亡，直到现在他的岳父还在追踪蛛丝马迹来告他，另有两宗监禁少女的传说，令他周身不得闲，圣人先知，也有不能解决的烦恼。

2023年2月28日　周二

柚子

什么是yuzu？看西方文献以及饮食节目，近年yuzu给他们发现了，奉为珍馐。

以为只有日本才有，柚子被叫成yuzu是因为他们不会"tse"这个发音，变成了"zu"。其实这种柚子早已在唐朝出现，但唐朝人觉得又苦又酸又涩，将其淘汰了。

但日本人就是喜欢这种香味，制成许多调味品，日常生活中淋些在食物上。

谁是日本柚子的亲戚？一、橙；二、柠檬；三、枸橼；四、莱姆；五、柑；六、葡萄柚；等等，再分细一点，有北京柠檬，广东柠檬。

通常日本人会刨一些皮，挤点汁，切些果肉在外表是熟，里面是生的鱼、肉的料理之中，叫为半烤（tataki）。

柚子风干之后制成粉，掺在醋里，用途有点像我们的陈皮，但韵味绝没有那么长远。

当今你在吃天妇罗，师傅会把柚子和胡椒混合在海盐中调味，一般家庭只撒在冻豆腐上吃，单调得很。但在西方，变成只是高级餐厅大厨的秘密武器，客人一吃进口，又大喊："yuzu！yuzu！"天真得很。

195

2023年3月1日　周三

对联

　　发表了一句"啸傲乾坤酒一壶"，想不到引起那么多读者的反应。

　　多数是胡来，说什么"高吭日月井千蛙""快斩阴阳裘千仞""笛声响起震武林""风韵犹存胜两手"等，平仄不分，又不押韵，笑坏我了。

　　接近一点的有"喝悔天地山中湖""纵横天地独行客""轻吟日月拈花笑""倾笑风雪饮千杯""笑尽天下江湖事"等。

　　我也技痒，对了"狂歌天下曲千阙"。然后写上：给爱唱卡拉OK友人题，一定能够卖出。若售，就再写"送给抓住麦不放的人"。为稻粱谋，也不得不写。

　　唉，还是选自己喜欢的句子——"谁知梦里乾坤大，只道其中日月长"来献给老友倪匡兄。

　　另外出题："一生大笑能几回""斗酒相逢须醉倒"，看谁写得好，有奖。

2023年3月2日　周四

道具枪（上）

好莱坞新闻，影星亚历克·鲍德温（Alec Baldwin）开道具枪，打死了女摄影师，法庭正在处理如何告他。

拍那么多枪战片，应该有经验，怎么会弄出这么大的错误？

一般他们用的都不是道具，只是子弹没有弹头，一切照真枪操作。

香港早期的枪战片用的道具，都假得令人发笑，尤其是看张彻的片子，那些盒子炮筒直像太空人用的，那是因为枪火管制得严格的关系，假枪从日活片厂买来，由我负责，自己也感到尴尬。

外国人来香港与邵氏合作拍戏，要求逼真，首先由咸马公司向警局申请，警方和监制都是英国人，有话好说，就批准了。我还记得是在中环德己立街的一家枪店买的，香港法律，一般人不可用，但可以卖，也是讽刺。

为了安全，警方要求在枪管中焊接了条铁，万一装错了，用真子弹头，枪管也会先爆裂，不发生事故。

有一天，忽然警方放松，允许了电影制片人用真枪，这大概是从《英雄本色》开始。

197

2023年3月3日　周五

道具枪（下）

这一来大香港电影界可乐了。吴宇森选的是伯莱塔M9型号，最好看。意大利人是有这种天赋，从雕刻到时装，都美，连手枪也美。

道具枪如真枪一样装上子弹，弹头部分用塑胶包住，火药才不会散开。除此之外，还加了镁，这么一来，射出的枪火更亮更漂亮。

但好莱坞拍了那么多戏，也有意外。工作人员为了安全，还在弹头上加了一块薄铁片，哪知这块薄片射出时也能杀人，李小龙的儿子就是那么死的。

有了亚历克·鲍德温事件，真枪今后一定会被做诸多限制吧？观众是要求逼真，将越来越不过瘾了。

韩国人发奋图强，看了吴宇森戏后也大开枪战片，他们用的是什么道具呢？看手枪样子，不像是假的，但如果你仔细观察，就看得出他们的曲尺枪的子弹从来不会跳出壳来，没有真子弹，就不伤人，是设计得相当好的道具。

香港玩玩具枪的人不少，不如进口一些来卖，一定赚钱。唉，满脑子生意经，我的前生，大概是生意人一个。

198

2023年3月4日　周六

教养

又去Mercato Gourmet买食材，这家意大利超市一共有五间分店：湾仔永丰街3号、半山坚道53号、跑马地成和道23号、新海怡广场1210地铺，今天到的是半岛酒店地库的。

照惯例买了烟熏猪颈肉，由一大块方形肉切成一片一片的，每片5厘米厚度，真空独立包装，回家后要吃时再切成长条，可炒鸡蛋，或就那么煎，做即食面放几条进去，才不会寡味。

不习惯的人以为是培根，培根用的是五花腩，这种猪颈肉比培根香得多，试过就知道。

啪嗒一声，一个女士把架上的三四瓶橄榄油推倒，泻得满地，她只是说声对不起，其他不表示，店员们好生为难，也出不了声。

香港人很少那么没教养，打破人家东西就得赔钱，店里也应该会打个大折回敬，但她却没那么做，悻悻然走了出去。

我看不惯，可是能够说些什么？只能摇摇头。

199

2023年3月5日　周日

泰国零食

我是一个零食大王，看电视时必吃零食，座椅旁边摆满，吃个不停。

零食不一定是甜的，酸、咸、苦、辣，皆美，而各国的零食中，做得最出色的，是泰国的。

首先，是炸猪皮，香脆到极点。到了清迈，你可以看到整条街都在卖，各有各炸，一定有一种你会喜欢。

当成正餐也行，把炸猪皮和糯米饭一起吃，就是丰富的一顿。

泰国人对零食特别有想象力，什么都有，喜欢冬阴功的，可制成相同味道的，以腰果或椰子为原料，研发出更多的产品。

我每次到九龙城的泰国"昌泰"杂货铺，都能找到新零食，先买一点来试试，适口了就大量购入。

老板娘也爱零食，见到我必介绍新的。今天推荐的是白糖腌制罗望子，她说一收工就吃个不停。拿回家试了，大叫一声："英雄所见略同！"

200

2023年3月6日　周一

三大珍味（上）

"我什么日本菜都吃过。"很多人这么说。

"三大珍味试过吗？"别说吃了，他们听都没听过。

云丹、拔子和唐墨，共称三珍。

为首的云丹，不是新鲜的海胆，而是腌制过的海胆膏，一种黄色膏状物体，又咸又鲜，非常美味，是下酒的绝品，怪不得周作人返国后还念念不忘，写信要求朋友寄一些给他。

国内当然买不到，到了日本亦难求。我通常去了福井浸温泉之后，在一家叫"天辰"的专门店购入。

制造这种海胆膏，要用一百个以上的新鲜海胆，才能提炼出100克来，在江户时代，400克的海胆可以换到一俵[1]大米，而一俵的重量，等于现在的60千克。

怎么吃呢？用根牙签挖出来绿豆大小的分量，放进口中，就能慢慢地感觉到它的甜味，或掺一点在温过的清酒中，即有不同的味道，和熟饭一起吃更是高级，通常都不舍得这么吃。

---

1 俵，大米的计算单位，一俵为四斗。——编者注

2023年3月7日　周二

三大珍味（下）

"天辰"本店地址为福井县福井市顺化2-7-17。当今也不必去那么远，可以在各大百货公司地库的食品部买到或者邮购。

第二珍味"拨子"是把海参的卵巢一条条排列晒干，一头大一头小，样子像日本三味线的弹片。吃法简单，像鱿鱼在火上烤，制作起来可麻烦，只有一小撮匠人愿意做，没有什么大工厂或名牌。

要找的话可到大阪黑门市场的"鱼南珍味堂"。地址为大阪中央区日本桥1-21-9。

第三珍味"唐墨"，也就是乌鱼子，可在同一家购买，乌鱼子的样子与墨条相似，故名之。原料的鰡鱼是海产，淡水乌鱼之卵太小，味又太淡，做不成。

寿司店的老板有些是高手，会自制乌鱼子，更有些用别的鱼的卵，做出来的更加好吃。到中国台湾去，通街都卖乌鱼子，可惜养殖的居多，不如到意大利食材店去找，他们甚喜欢把乌鱼子刨在意粉上面吃，价钱不贵，而且是野生的。

2023年3月8日　周三

剧毒珍品

谈起日本珍味，还有一种不得不提。

有次到金泽的"百万石"浸温泉，附近有个"朝市"，那是我最爱逛的清晨菜市场。

当地人说："我们这里有种名产品，要不要试试？"没吃过的，当然得尝一尝，看到的是种像鹅肝酱形状的东西。

"是什么？"我问。他们带着挑战的目光回答："河豚卵巢的渍物。"

一听名字，别人可能吓坏。大家都知道这是河豚最剧毒的部分，人家吃得千多年，总不会有事吧？

硬着头皮也吃了一片，味道很咸，像鱼肝油，说不上好吃，但是种新奇的口感。问制法，可复杂。用盐腌制一年半，然后加上米糠来解毒。

说是不会中毒，也吃死过十五个人，所以日本政府从不正式批准贩卖，本来还有几十家会做，到了2022年，只剩下五家。在市场上是买不到的，当地老饕也不对外宣传，自己偷偷地吃，偷偷地笑，我也只好学他们偷偷地吃，偷偷地笑了。

203

2023年3月9日　周四

荔枝角

上周六，友人哥顿和汤美带我到荔枝角饮茶，不去还不知道附近已经将多栋工厂大厦活化，成为年轻人麇集的热门地点。

大厦中商店林立，还有戏院以及其他西餐厅、新加坡菜和日本料理。

我们去的是一家叫"大公馆"的中餐厅，开在长义街9号D2 Place One的十楼。

坐了下来，先叫几样点心，虾饺的造型很花心机，做成金鱼状，上面还涂了一层金箔，这层金箔在造型上合情合理，一点也不勉强。三个人每人一只，味道也相当不错。

接下来的是迷你姜醋猪脚，也是每人一块。糖醋的酱汁略淡，姜味够浓，用个小木桶装着，扮相甚佳。

叉烧包只是圆圆的一个个白色球状，不特别，味道还可以。

得奖菜是餐厅的糯米鸡，整只鸡塞满了糯米后油爆，分量极大，如果改为乳鸽，应该更好，糯米乳鸽名字听起来也较为特别。

中午并不拥挤，安静的一顿茶饮，不错不错。

204

2023年3月10日　周五

茶（上）

　　喝茶已经是我日常生活的一部分，一早起来第一件要做的事了。

　　认识我的人都知道，我最喜欢普洱，越浓越好，似墨汁最佳。这个胃，已经训练到铁打的了，醉茶这种毛病不会发生在我身上。

　　普洱是一早买的，趁还没涨价，所存的旧茶够我喝到老。要是当年没有这个先见，照目前的价钱，可能喝穷。

　　戴伟强兄是位好朋友，他是杭州人，每年必寄明前龙井给我，我不舍得喝，都转送倪匡兄，日子久了，忘记龙井的美味。

　　自从他去世，我开始打开那熟悉的纸包装，是"风篁岭"出品的"狮峰龙井"。这一喝，不得了了，上了瘾，所以每早除了普洱之外，还要来一杯龙井。

　　龙井不必用紫砂壶或茶盅，它很干净，就那么放进玻璃杯中，冲热水即可饮之。我用了一个大杯子，那是喝威士忌加冰时用的，隔着透明的杯子，细观茶叶沉浮，又多了一种人生乐趣。

205

2023年3月11日　周六

茶（下）

普洱及龙井喝闷了，我还喜欢泰国手标的红茶。

这产品在茶叶之外，一定下了很多其他香料。颜色也厉害，在茶杯中留下了一圈圈的红印，仔细洗才冲得掉。

爱上手标茶的另一原因，是我在拍戏时在泰国住了一段很长的日子，当年没有普洱喝，红茶代之，不加糖，净饮。

在西班牙生活时，当地人只喝咖啡，什么茶叶都买不到，只有在超市中买立顿牌的黄色茶包，偶尔我也会喝回这种最普通的红茶。

回到香港，什么茶都有，反而对潮州人喜爱的单丛茶不感兴趣，他们从前爱喝的铁观音也只剩下香味，而忘记了铁观音是调和了新茶的香、老茶的色和中茶的甘，那才叫铁观音呀。

那批放在雪柜中保鲜的龙井快要喝完，春天已至，不久，又能喝到明前龙井。茶能喝出季节来，又是另一种乐趣。

2023年3月12日　周日

出书

"天地图书"的资深编辑阿芬来电话，说是时候出版《蔡澜日记》了。

写呀，写呀，每天记载，刊登在微博、脸书上，没有稿费，从前在报纸上写，一年就有100万港币的收入，当今没有这支歌仔唱了，但能出书，也算是一点点的补偿。

最初记日记，是没有题目的，后来为了方便寻找，加了上去，但是单单是年月日的话，查起来资料是不足的。

阿芬建议，出书时另外加上照片，会更精彩。本来可以在"谷歌"上找没有版权的，但像素太低，不适合采用。

那怎么办才好？只有在自己拍过的照片中寻找，不知不觉，我的照片图库中也有好几万张照片，希望有对题的。

即便加上照片，也会在阅读时损失了想象的空间。我的写作一向以文字取胜，出书时勉强加上，也不一定是件好事，不过这回我会尊重编辑的意见，希望读者喜欢。

2023年3月13日　周一

牙医

牙齿晃动，是看牙医的时候了。

从前认识一位专家，叫黎湛培医生，有什么毛病，他都说："能解决。"

牙医是天下最恐怖的人物，遇黎医生时，他六十多些，有一副慈祥的面孔，知道我怕拔牙，他就说："能解决。"我才不相信。

时间到了，叫我躺在那张弯曲的椅子上，黎医生留英，一直听着BBC的广播，他微笑着，用一口罩盖着我鼻子，然后滴几滴药。

我听到从收音机传来的是《溜冰圆舞曲》（*The Skaters Waltz*），一群舞娘团团转，美妙至极。

过了不久，黎医生拍醒我，说一切搞定。我从此甘拜下风。为了答谢，邀请黎医生免费参加我的旅行团，但他说有条心爱的小狗，自己离不开它，不肯出门。

黎医生退休后，由萧嘉仪医生接班，地址是九龙尖沙咀加拿芬道18号恒生银行大厦603室。至于她肯不肯拿出绝技来，今天问了她，回答和黎医生一样——"能解决"。病人有福了，但得事前商量。

208

2023年3月14日　周二

护法团聚

从广东到香港较近，一群爱吃东西的护法，疫情之前，每年来个一两次，相聚甚欢。

已隔三年未见，问说要吃些什么，总没答案，要我决定。这回想起"甘棠烧鹅"，主要是让他们喝口靓汤，他们东莞的荔枝木烧鹅已经是不错的。

果然，西洋菜和生熟地两味老火汤，让他们满意。Jacky（杰克）更从虎门带来土特产，是"腊鸭喉"，我放在店里，请师傅研究后下次去试。他说用白萝卜来炖极佳，煲西洋菜陈皮高汤都不错。

有些菜听都没听过，像咸蛋黄猪大肠、咸竹蜂炖东莞三贱宝、鸭粉肠、湛江鸡炊饭等。

最古怪的是一道叫"鹅鞭汤"的古老菜。一只鹅的鸡鸡有多大？就算用几十只也不够吧？

想起这些鞭类食物，有次友人做了"啫啫猪鞭"给我吃，猪的通常一早就被阉掉，这是"漏网之鸡"。

一看，不是很大，像一捆草绳，但尖端可出奇，像螺丝一样，弯弯曲曲，会一击即中，每次总生十几二十头小的。老猪，厉害、厉害。

209

2023年3月15日　周三

水仙

写茶那两篇日记中，漏了也时常喝的水仙。这是一种制法的名称，和铁观音一样，并非茶的名字。

水仙产自武夷高山，为野生的，和一般种植的矮小茶种不同。老茶树可长至数十丈之高，树干双人或三人合抱之巨。因长在岩石上，吸取它的味道和甘香，喝起来是独特的。

我常去买的是一家叫"尧阳茶行"的老铺，焙茶技术高超。叶子装进粉红色的铁罐中，每罐100克。自古以来，就卖到南洋和台湾去，很受当地人欢迎，小时候叔伯们喝的，就是这种茶，记忆犹新。

有何特点呢？空腹时喝茶，不习惯的人会"醉茶"，"昏坨坨"的，比醉酒难过，什么药也救不了，唯有喝水仙能治之。

朋友来到，常到他们的铺子中试茶，那种甘味，坐车子从港岛到九龙，还久久不散，试过才知。

售价也合理，在店里还可以很便宜地买到喝得过的普洱。

地址：香港文咸东街70号。

210

2023年3月16日　周四

配额（上）

好久未喝酒了，一下肚就有点昏昏的感觉，是不是有如倪匡兄所说的"酒的配额已喝完了"呢？

他老兄对酒总是千杯不醉。按他说，酒是天下最奇妙的饮料，耶稣创下的第一个奇迹，就是把水一变，变成了酒。

后来，一天，有人见到他忽然不喝了，又问，他回答说："是耶稣叫我别喝的。"

但是，同一个人又看他再次豪饮时，问同一个问题，他又回答："坏酒的配额的的确确是用完，但好酒的，现在开始。"

总之你是说不过他的，他是外星人。

至于我自己的配额有没有用完不知道，只觉喝得没以前那么痛快，既然如此，便少饮。事情就是那么简单。

但今天怎么醉了？是因为傅小姐拿来的酒，我一向对红酒的兴趣不大，嫌它酸。傅小姐的一点酸味也没有，又香又醇，真是那么厉害，喝了只会笑个不停。

喝来自波尔多的白马庄园（Ch.Cheval Blanc）的，而勃艮第则是她和我的最爱。阿曼·卢梭父子香贝丹特级园（A.Rousseau Chambertine），绝对没有配额问题。

211

2023年3月17日　周五

配额（下）

当然，那几杯红酒不至于令到我不省人事。晚上到了，在好友张文光家吃饭，他拿出一瓶2018年的"山崎"单麦芽酒，一入喉，醇厚无比，又即刻大饮。

现在国内的威士忌大行其道，我早就预言，对外国烈酒的接受，一定先从白兰地开始，它的市场战略非常厉害，又甜甜的容易喝进口，掺什么其他饮料都行，必定先受欢迎。

再喝下去，觉得糖分太高，有点腻了，才进入喝威士忌的阶段。其实天下饮者到最后的共同点，都喝此酒。

威士忌的老祖宗是苏格兰，我们要回到它的怀抱，还有一点距离。忽然大家都大赞日本单麦芽威士忌，抢着去喝。

日本人做事一板一眼，向最好的去学，那就是泡在雪梨木桶里的原味，它最正宗。我们现在喝的有多种其他的木桶味，甚至泥煤味，都说那才是好的，嫌雪梨桶不好喝，真是莫名其妙。是的，还有一段距离，才能真正欣赏。

212

2023年3月18日　周六

闽南小吃

福建很大，各地食物不同，我熟悉的是泉州一带的闽南小吃。食欲越来越强烈，甚至到了非专车前往不可。

仅存的一家小餐馆叫"真真美食"，就在春秧街街头，很容易找，店口摆着各种糕点，售价便宜。

店里玻璃橱柜中有各种小菜，少不了的是菜脯蛋、炒芥菜或豆芽，也有半煎半煮的小鱼，或腌咸后再炸出来的小鱼，异常美味。

看到花生罐头，这是甜食，想不到的是拿来咸煮，打了个鸡蛋进去，撒上盐，味道也配合得极佳，一点也不怪。

福建炒面是我必点的，用粗大的黄油面，煨上汤炒成，配料有猪肉片、高丽菜，但是主要的是小蚝、鸡蛋等，美味至极。

捧着肚子走出来，水果店的水果卖得比香港任何一个地区都便宜，种类也多，那是小贩们不怕辛苦，一早在果栏进货，才可以卖得那么便宜。

香港有两个代表性的菜市场，那就是九龙城街市和春秧街菜市了，喜欢逛市场的游客，不能错过。

213

2023年3月19日　周日

　　我做的酱料受香港广大老饕们的欢迎，因为是人工一一炒制，产量有限，导致供不应求，当今高薪请来高手，又能增加生产，时间已经成熟，可以卖到上海去了。

　　途径也是很重要的，万一找不到可靠的代理，在搬运途中少了任何一道程序，都可以令水准下降。

　　当今和香港最大最热门的国际超市city's super达成协议，由他们负责进口及发售到上海，品质有所保证。

　　三家店的地址是：

　　一、上海市徐汇区淮海中路999号iapm环贸广场地下一层。

　　二、上海市浦东新区陆家嘴世纪大道8号上海国金中心商场L.G 2层。

　　三、上海市静安区南京西路789号兴业太古汇LG2层。

　　希望大师傅继续为我服务，原料我当然买最好的，做出来的各种酱料能满足各位的口味，谢谢。

2023年3月20日　周一

石墙道韩国料理

吃传统韩菜，多数去光顾了数十年的"阿里朗"，差点忘记了尖沙咀这边的"石墙道"。

上次带友人去，她对人参天妇罗留下很深的印象，今天又想吃，就拉队去。这家做的这道菜已成为他们的招牌料理，看每桌的客人都点。

另外出名的有酱油蟹，我并不赞同。酱油蟹我只去首尔的"大瓦房"吃，他们做了上百年，一有毛病店铺即刻倒闭，绝对不会行差踏错。

"石墙道"的牛肉选得好，众客都点，尤其是吃生的，伴着梨丝和蜜糖，异常美味。友人一向很胆小，不碰这些不熟悉的菜，但一把生牛肉塞入口，即刻上瘾，喊着下次再来。

这里的伴菜也丰富，伴菜也就是赠送的小点，通常分让韩国人吃或香港客吃，上桌一看，都是韩国老饕吃的，花样齐全，连生腌蚶子也有。

我们还叫了一大碟的辣酱拌面，装着大把野菜，配石头饭就不会嫌菜少了，吃得不亦乐乎，其他新派韩国菜不会去碰了，也没那么多菜供应。

地址：尖沙咀金巴利道27号永利大厦。

2023年3月21日　周二

危险料理

凡是生吃的东西，以及带毒的，我们都叫它为危险料理。

避而远之呀！怎么可能？那是名副其实，好吃得要命的东西，而且危险性越强越想去挑战。

吃呀吃呀，吃出智慧，危险料理，是可以克服的。

首先得选出料理人自己赌上前途的食物来吃，举个例子，像我之前提起过的"喜乐庵"，它是一家河豚专门店。

那么多年能生存下来，也靠地理环境，大家都以为日本山口县的下关河豚是最丰盛的，其实不然，下关的河豚，已多来自韩国。大分县的臼杵河豚才最好，大家偷偷吃，不告诉你。

"喜乐庵"供应河豚全餐，什么部位都有把握做给客人吃，老板娘每天穿着端庄的和服待客，手下一群女侍细心招呼，而且价钱便宜得令人感到意外。

问她："为什么那么有信心把这家店一代传一代地做下去？"她回答说："传到我已是第三代，我把一切都付出，又嫁了这位最好的师傅，你说我应不应该做好它？"

地址：日本大分县臼杵城南九组。

216

2023年3月22日　周三

淡水鱼刺身

有些人认为生吃海鱼无事，但是淡水的绝对不能去碰，这也没有什么道理。应该说深水鱼可吃生的，浅水鱼寄生虫多，所以浅水鱼不行。

但是顺德人一向照吃不误，后来有人反对，那是因为河水污染。但潮州人也吃草鱼刺身，新加坡人则以海水的西刀鱼代之，泰国华侨猛吞，不见有人中毒。

去到"廖西成"或"笑笑"，看到架子上挂着草鱼鱼生，忍不得不叫，而且很奇怪地，都吃了没事。

我本人的经验呢？可以吃。

人家可以吃，我就可以吃，大不了是拉肚子，不会死人。

别因为其他人怕了就不去尝试，那损失太大，草鱼照吃吧，台湾省有一种叫"蚶仔"的小贝生腌了更是美味，山东人的生海肠已是小意思了，生螃蟹、生虾都可以吃，只要懂得一些原则，你会发现，好吃得要命，不知道如何停止。

217

2023年3月23日　周四

　　日记主人抱恙，暂停数日。又，住院跟吃危险料理及淡水鱼刺身无关，请放心。一笑。

图书在版编目（CIP）数据

时间，是绝对的妙药 / 蔡澜著 . -- 长沙 : 湖南文艺出版社 , 2023.8（2024.6 重印）

ISBN 978-7-5726-1305-0

Ⅰ . ①时… Ⅱ . ①蔡… Ⅲ . ①散文集—中国—当代 Ⅳ . ① I267

中国国家版本馆 CIP 数据核字（2023）第 130678 号

上架建议：畅销 · 经典散文

SHIJIAN，SHI JUEDUI DE MIAOYAO

时间，是绝对的妙药

著　　者：蔡　澜
出 版 人：陈新文
责任编辑：张子霏
监　　制：于向勇
策划编辑：王远哲
文字编辑：王成成　张妍文
营销编辑：黄璐璐　时宇飞　秋　天
装帧设计：潘雪琴
插　　图：苏美璐
内文排版：谢　彬
出　　版：湖南文艺出版社
　　　　　（长沙市雨花区东二环一段 508 号　邮编：410014）
网　　址：www.hnwy.net
印　　刷：三河市中晟雅豪印务有限公司
经　　销：新华书店
开　　本：875 mm×1230 mm　1/32
字　　数：177 千字
印　　张：8
版　　次：2023 年 8 月第 1 版
印　　次：2024 年 6 月第 2 次印刷
书　　号：ISBN 978-7-5726-1305-0
定　　价：48.00 元

若有质量问题，请致电质量监督电话：010-59096394
团购电话：010-59320018